NF文庫
ノンフィクション

立教高等女学校の戦争

神野正美

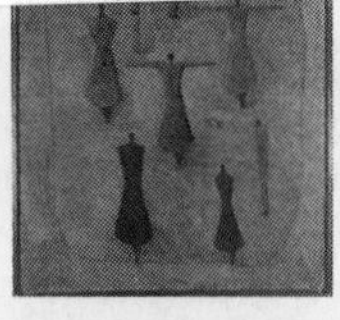

潮書房光人新社

立教高等女学校の戦争——目次

立教高等女学校の戦争

定点気象観測船の戦い

旧海軍のオンボロ海防艦で超大型台風に挑んだ男たち

南極観測船「宗谷」南へ！　195

赤十字飛行隊長——われ今日も大空にあり　223

図版作成・佐藤輝宣

＊本書に掲載した写真については提供者名を各キャプションの末尾の〈　〉内に示した。

立教高等女学校の戦争

立教高等女学校の戦争

戦時下、星の軌跡を計算した女学生たち

昭和初期に撮影された立教高等
女学校聖マーガレット礼拝堂
〈立教女学院〉

戦時下の学徒動員

東京都杉並区久我山四丁目――。渋谷と吉祥寺を結ぶ、京王井の頭線の三鷹台駅を降りると、その周辺は井の頭池を源流にする神田川が流れ、木々の緑が武蔵野の面影を数おおく残している。

駅裏手の高台に木々に囲まれて、ひときわ目を引く建物がある。ロマネスク様式の聖マーガレット礼拝堂と天使園（幼稚園）から小・中・高等学校、短期大学の校舎――来訪者に「こんにちは」と、さわやかに挨拶をするお嬢さんたちが学ぶミッションスクール、立教女学院（St. Margaret's College & Schools）である。

静かにたたずむ聖マーガレット礼拝堂と高等学校校舎および講堂は、昭和初期に完成した姿を、いまも変わることなくとどめている。

このミッションスクールにも、太平洋戦争に、いや応なく巻き込まれてミッション本部からの援助を得られなくなり、日本国内での資金で学校運営にあたり、礼拝や宗教教育を停止、在校生たちは勤労動員にあたったという歴史があった。

太平洋の戦いが激しくなると、軍需産業や農作業に従事する成人男子の軍隊への応召が相つぎ、これらの生産にあたる人手不足が深刻となっていった。

国家は総動員法を発令して、特に軍需産業を促進するための労働力を確保するために、十二歳以上の男女学徒の授業を停止し、生産現場に送りこんだ。

それは、国内すべての学校はもとより、外地の台湾、満州、サイパン島、ヤップ島や日本が占領した中国、フィリピンなどの地域内に設けられた中学校、高等女学校――さらにドレスメーカー学院、保母養成学校や宝塚歌劇団員を養成する宝塚音楽舞踊学校（現在の宝塚音楽学校）などの専門教育を行なう学校までもが含まれる、根こそぎの勤労動員体制であった。

動員学徒の労働条件は、女子の深夜労働も可能とされたので、覚せい剤を与えられて二交替、三交替や二十四時間勤務までが課せられたと記される。東北から都内近県へ、長野・島根から中京地区へ、四国から阪神地区へなど、遠方の工業地帯に動員された学徒も多かった。

航空機産業に動員された女子学徒たちは、額に〝神風はちまき〟を締め、旋盤など工作機械を操作したり、鋲うち、機体や発動機、落下増槽（戦闘機や爆撃機の補助燃料タンク）の製作なども行なっている。

特に欧米系のミッションスクールは、さまざまな圧力や嫌がらせを受けながら、軍需工場に動員されている。岩手県の東北高等女学校（現在の盛岡白百合学園中学・高等学校）、宮城県

中島飛行機へ動員された桜蔭高等女学校（現・桜蔭中学校・高等学校）３年生。神風ハチマキを締め、作業着の襟の白いカバーは自作してつけた〈高橋貞子〉

の仙台高等女学校（現在の仙台白百合学園中学・高等学校）、尚絅女学校（現在の尚絅学院中学・高等学校）や宮城高等女学校（現在の宮城学院中学・高等学校）生の一部は親元を離れて、遠く神奈川県下の軍需工場に動員された。

カトリック女子修道会が母体の長崎純心高等女学校（現在の長崎純心中学・女子高等学校）生は、ロザリオを片手に「祈れ、働け」を標語に、三菱長崎造船所に動員され、原爆のため多くの死傷者を出した。

太平洋の戦いが終わったときに、各地の動員先には三百万をはるかに超える学徒があり、戦禍に傷つき倒れた学徒は二万人を超えたとされている。

江戸時代末期の一八五三年（嘉永六年）、

ペリー提督が率いたアメリカ東インド艦隊は、日本の開国をもとめて浦賀沖に来航した。そして一八五八年（安政五年）に、日米修好通商条約が締結され、居留地に住む外国人の信教の自由と、礼拝堂の建設がみとめられる（キリシタン禁制の高札を、明治政府が撤去するのは、一八七三年〈明治六年〉のことで、それまでは、日本人がキリスト教に入信することは禁じられていた）。

いちはやく欧米の教会組織は、キリスト教伝道と女子教育を推し進めるために、多くの聖職者を日本に派遣した。そして、日本の近代女子教育がはじまるのは、一八七〇年（明治三年）九月二十一日で、横浜居留区（現在の横浜市中区山下町）に、アメリカの改革派教会に所属するメアリー・エディー・キダー婦人宣教師が、キダー塾を開いて、日本人に英語を教えはじめた（これが、日本ではじめてのミッション系女学校であり、まもなく「アイザック・フェリス・セミナリー〈フェリス和英女学校〉」と称する、現在のフェリス女学院の開校である。なお日本ではじめての公立の女学校は、明治五年に京都で開校した、英語や料理、裁縫などを教えた新英学校及女紅場、のちの京都府立京都第一高等女学校、現在の京都府立鴨沂高等学校とされている）。

立教女学院のルーツ

立教女学院は、一八七七年（明治十年）九月一日に、東京・本郷区（現在の文京区）湯島四

〔上〕明治17年に完成した築地の立教女学校校舎。〔左〕チャニング・M・ウイリアムズ主教〈立教女学院〉

丁目の民家で開校した立教女学校が、そのルーツである。

創設にあたった中心人物は一八五九年（安政六年）に、最初のプロテスタント宣教師として、長崎の居留地に来日したアメリカ聖公会（英国国教会から派生し、教義においては、最もカトリックに近い。カトリックとプロテスタント教会との橋渡し教会と称せられる）のチャニング・ムーア・ウイリアムズ主教（立教大学を創設、日本聖公会の開祖）であった。立教女学校は、一八八二年（明治十五年）には、京橋区築地居留地（現在の中央区築地明石町）に移り、一九〇八年（明治四十一年）に正式に政府に認可された私立立教高等女学校と改称したが、一九二三年（大正十二年）九月一日の関東大震災で焼失する。

女学校設立者のひとりでもある、ジョン・マキム師は、次のようにアメリカ聖公会に電報を発信している。

「宣教師は皆無事、東京の全教会、学校、住宅、聖ルカ病院は壊滅。宣教師は家も、身のまわり品、一切も失った。宣教師、日本人聖職、信者たちのための緊急救済をたのむ。

すべては失せたり、信仰のみあり（All gone, but faith in God）」

ただちに、当時の巣鴨村（現在の豊島区巣鴨）にあった、知的障害者のための社会福祉法人・滝乃川学園――一八九一年（明治二十四年）に立教女学校の石井亮一教頭によって設立された聖三一孤女学院――の校舎を借りて授業を行ないながら、復興がはじまった。

そして、新しい校地は、翌年の大正十三年に、築地居留地にあった敷地の約十六倍にあたる、一万三千坪が東京府豊多摩郡高井戸村久我山に入手された。西方には富士山や丹沢、秩父の山なみが見え、南には神田川や玉川上水が流れる空気清鮮、流水清澄という地であった。これが現在の女学院所在地である。

年末には、木造の仮校舎で授業が再開された。当時は井の頭線も未開通で、生徒たちは省線（現在のJR）中央線の西荻窪駅から、一軒の民家もなかったという雑木林や田畑の中を、二十分以上かけて通学した。

やがて、アメリカ聖公会を中心とする支援により、多くの資材が海を越えて運び込まれ、昭和五年に完成した新校舎（現在の高等学校校舎）と講堂、昭和七年に完成した六百名を収容する荘厳な聖マーガレット礼拝堂（杉並区有形文化財に指定）は、現在の耐震基準を十分にクリアーして、いまも歴史を刻み続けている。なお現在の校名――立教女学院に変わったのは昭和二十二年である。

外国人教師の帰国

昭和十二年に日華事変が起こり、昭和十四年には、ついに第二次世界大戦がはじまった。一九四〇年（昭和十五年）に日本、ドイツ、イタリアは三国軍事同盟を締結した。特にこの頃から、外国のミッション団体から寄付を受け、多数の米英国人教師を擁していたミッションスクールへの風当たりは強くなっていった。外国人教師の行動は監視され、スパイ嫌疑がかけられたりしている。

戦いに明け暮れる中で学校教育も翻弄されていく。やがてミッションスクールも、建学の理念であったキリスト教から離れ、教育勅語や御真影（昭和天皇・皇后の写真）を、受け入れざるを得なくなっていった。

昭和十五年九月、プロテスタント主義の学校によって組織されていた「キリスト教教育同盟会」は、外国のミッション本部から離れ、学校を財団法人化して、日本国内の資金で運営するように改め、学校経営から教会関係者を外すことを決めた。

アメリカとの関係が悪化していく昭和十五年から、外国人教師は次々と帰国するようになった。昭和十六年二月にはアメリカメソジスト教会布教本部が日本、朝鮮、日本占領地域内の中国に居住する、全宣教師に引き上げ命令を出した。

立教高等女学校でも、明治四十年に英語教師として就任、その後は副校長（実質は校長職ともいわれる）もつとめたキャロライン・G・ヘイウッド教師そして音楽を教え、礼拝オーガニスト（礼拝でオルガン奏楽の奉仕をする人）であったエドナ・B・マレー教師は、「国際情勢上、自分たちが学校にいることは害になっても、益にはならない……」と決断して、昭和十六年三月二十日に、やむなく帰国することになった。

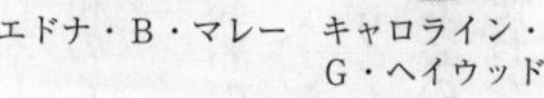

エドナ・B・マレー　キャロライン・G・ヘイウッド

上は明治41年制定の立教高女の袴用ベルトのバックル、下右は昭和３年制定の校章、下中は小学校の校章、下左は現在の校章〈このページの写真・立教女学院〉

児童、生徒および教職員は校門から三鷹台駅までの両側に整列して見送り、いちはやく線路に沿って見送りの位置についた。井の頭線の電車は運転手の機転もあったのか、スピードを一段と落として、別れを惜しむ人々にこたえたといわれる。

ヘイウッド教師は、帰国にあたって、「……今日、日米両国が、どのように重苦しい不吉な間柄になるとも、この皆さんたちの間から、日本とアメリカの平和が、もたらされてゆくものであるように、そして、ひいては、世界平和のくさびに皆さんがなって下さるようにお願いします……」と、メッセージを残している。

両教師とも日本郵船のサンフランシスコ航路、「新田丸」（のちに空母に改造されて「沖鷹」となる）でアメリカへの帰途についた。こうして校内に外国人教師は皆無となった。

生徒たちに、「マリアさま」と慕われたキャロライン・G・ヘイウッド教師は、明治三十七年にアメリカ聖公会の婦人宣教師として来日した。流ちょうな日本語を話したが、授業では決して日本語を使わなかったという。また、

「洋装の制服は、着たきり雀になって不潔になる。身ぎれいにしなさい」と、自由な着物を着るように指導し、袴だけは紫色と決めて、校章の大きな「ますかがみ」（真澄鏡、万葉集や新古今和歌集に〝照る〟にかかる枕詞として現われる。心の清さを鏡にうつして見る。知識を磨き、徳を磨いて、ますます鏡の光を輝かせる――という意がこめられている）の付いたバックルのベルトを締めさせた。

いまも生徒ひとりひとりの個性を大切にして、制服が定められていない立教女学院には、ヘイウッド教師の「感受性が育ち、色彩感覚が培われる大切な時期に、制服を着させて束縛することは、卒業後に突飛な服装をするようになるから……」との意思が受けつがれている。

クリスチャンの家庭に育ち、教会の日曜学校で立教高等女学校を薦められて、昭和十四年

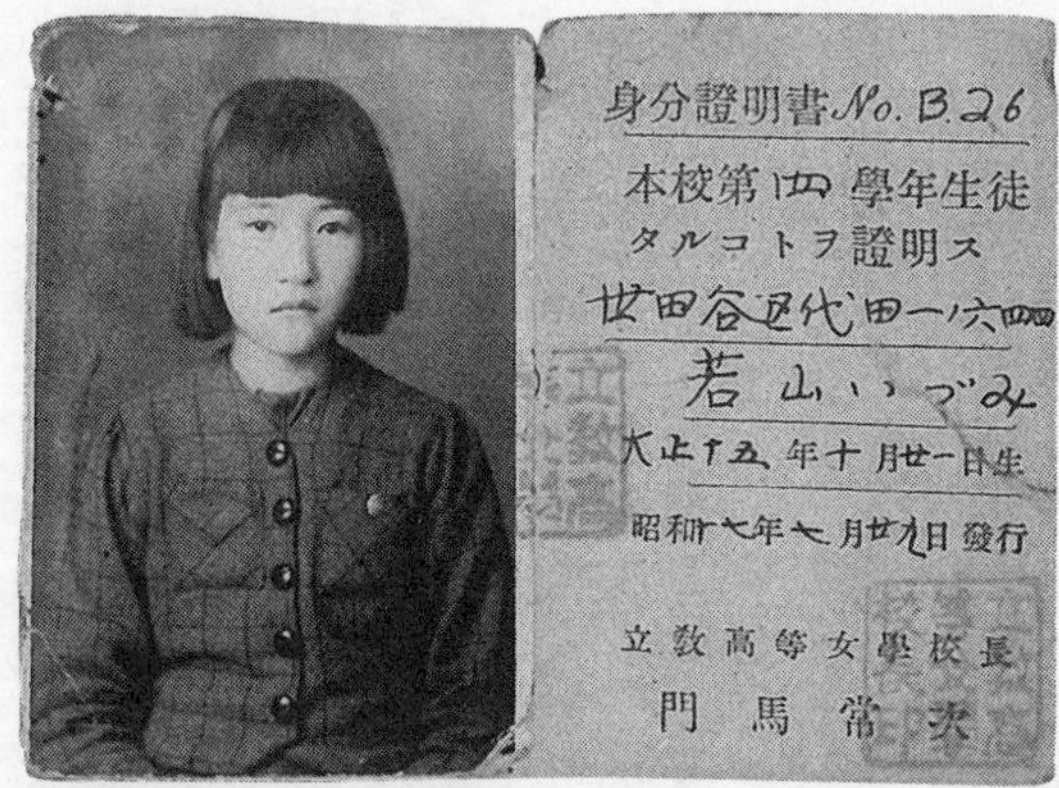

身分證明書 No. B.26

本校第四學年生徒
タルコトヲ證明ス

世田谷区代田一ノ六四

若山いづみ

大正十五年十月廿一日生

昭和十七年七月廿九日發行

立教高等女學校長
門馬常次

鹿間（旧姓・若山）いづみさんがいまも保管している昭和 17 年、立教高等女学校 4 年生在学時の身分証明書〈鹿間いづみ〉

武蔵嵐山への遠足時の一葉。前列左から 6 人目が若山いづみさん、10 人目の着物姿が担任で和裁を指導していた吉田静子先生〈鹿間いづみ〉

に入学した鹿間（旧姓・若山）いづみさんは、

「入学試験は『国語』『算数』と面接でした。いまでも校歌『ますかがみ』（現在の第一校歌）は歌えますよ！　黒川とよ先生の、聖書をわかりやすく教えて下さったバイブル・クラス、担任だった吉田（大和田）静子先生の和裁のご指導、体育は原政子先生と斉藤俊子先生の『故郷の空』（スコットランド民謡で付詞は、『鉄道唱歌』などを作詞した詩人で国文学者の大和田建樹――、明治二十六年から三十三年に立教女学校に在職して、校歌『ますかがみ』を作詞している）のメロディーでの体操。

武蔵嵐山や江の島への遠足、クリスマス礼拝の感激など、本当に楽しい女学校生活を送っていました。

やがて長身の体育の先生（E・ロジャーズ女性教師）が昭和十五年に帰国され、ヘイウッド先生とマレー先生をお見送りしたことも良く覚えています」と、ヘイウッド教師の離日を回想する。

ミッションスクールへの圧力

昭和十年ごろからはミッションスクールの校名も、軍部や文部省などから問題視されるようになっていた。特に敵国である「英国」の文字が入っている学校や、外国風であるために不適当とされた学校が、校名やカリキュラムの変更に応じなければ、生徒募集を停止させる……とまで申し渡されて、伝統ある校名の変更を余儀なくされている。

たとえば、

・フェリス和英女学校（明治三年、横浜に開校）【アメリカ・改革派教会】
↓横浜山手女学院（昭和十六年）現・フェリス女学院中学校・高等学校

・プール女学校（明治十二年、大阪に開校）【イギリス・聖公会】
↓聖泉高等女学校（昭和十五年）現・プール学院中学校・高等学校

・横浜英和女学校（明治十三年、横浜に開校）【アメリカ・メソジスト教会】
↓成美学園（昭和十四年）現・青山学院横浜英和中学高等学校

・仏英和高等女学校（明治十四年、東京に開校）【フランス・シャルトル聖パウロ修道女会】
↓白百合高等女学校（昭和十年）現・白百合学園中学高等学校

・ウヰルミナ（維耳美那）女学校（明治十七年、大阪に開校）

↓　大阪女学院高等女学部（昭和十五年）現・大阪女学院中学校・高等学校

【アメリカ・カンバーランド長老教会】

・東洋英和女学校（明治十七年、東京に開校）

↓　東洋永和女学校（昭和十六年）　現・東洋英和女学院中学部・高等部

【カナダ・メソジスト教会】

・聖保禄（せいパウロ）女学校（明治十九年、函館に開校）

↓　元町高等女学校（昭和十七年）　現・函館白百合学園中学高等学校

【フランス・シャルトル聖パウロ修道女会】

・普連土女学校（明治二十年、東京に開校）

↓　聖友女学校（昭和十八年）　現・普連土学園中学校・高等学校

【アメリカ友会派（フレンド）教会】

・静岡英和女学校（明治二十年、静岡に開校）

↓　静陵高等女学校（昭和十五年）　現・静岡英和女学院中学校・高等学校

【静岡メソジスト教会】

・山梨英和女学校（明治二十二年、山梨に開校）

↓　山梨栄和高等女学校（昭和十六年）現・山梨英和中学校・高等学校

【カナダ・メソジスト教会】

・高等聖家族女学校（大正五年、神戸に開校）　【ショファイユの幼きイエズス修道会】
↓山手女子商業学校（昭和十九年）　現・神戸海星女子学院中学校・高等学校

・パルモア女子英学院（大正十二年、神戸に開校）【アメリカ・メソジスト教会】
↓啓明女学院（昭和十五年）　現・啓明学院中学校・高等学校

・聖母女学院（大正十二年、大阪に開校）【フランス・ヌヴェール愛徳修道会】
↓香里高等女学校（昭和十九年）　現・香里ヌヴェール学院中学校・高等学校

さらに、明治三十五年に聖公会の宣教医師によって開院した、聖路加（せいるか）病院も昭和十八年には大東亜中央病院と名を変え、附属した聖路加女子専門学校（現・聖路加看護大学）も、興健女子専門学校と改称している。

また、聖公会の聖テモテ教会は昭和十七年に、本郷向ヶ丘教会と改称している。

寄宿舎の前で撮影された立教高女の生徒たち。前列右から２人目がヘチマ襟の統一制服を着た若山いづみさん。３列目右から５人目が吉田静子先生〈鹿間いづみ〉

日米開戦の日

昭和十六年十二月八日に日米開戦、ミッションスクールは、その母体となった欧米のミッション本部を、敵国としなければならない事態に追い込まれていった。

キリスト教教育は停止（終戦まで、礼拝や宗教教育を守り通した学校もあったが）され、昭和十八年には、英語が必修科目から選択科目となった。

鹿間いづみさんは、

「女学校三年だった十二月八日の開戦の日のことは、学校で特別なことがあったのかどうかも、記憶にありません。ただそれ以前から、戦争というものが身近に感じられてはいました。

英語の授業も時間が少なくなり、やがて選択科目となりました。私は英語を選択しないで、花嫁修業のつもりで和裁などのお裁縫クラスを選びました。ヘチマ襟の統一制服は*、自分たちで裁縫して身につけていました」

＊注　昭和十六年四月に文部省の制服統制通牒により、女学校の制服が全国統一化された。それは紺のスフ入りサージのツーピースで、上着はボタン三個でベルト付き、襟はヘチマ襟に白いカバーをかけた。和服にならって打ち合わせは右前であった。卒業生たちから譲り受けた従来の制服は、着ることが許されたが、あこがれの制服を着ることが叶わなかった、新入生たちは失望したという。やがて登校時はスカートに代わり、モンペの着用があたりまえとなった。

鹿間いづみさんの妹・武満（若山）浅香さんは――昭和十六年に入学した。

「十二月八日は先生がたから、戦争がはじまったという、特別な話はなかったと思います。クリスマスにはご馳走に驚き、食堂で美味しくいただきました。

食堂といえば、昼休みに混雑して並ぶのが嫌で、教室から駆け出したら転んで、手の骨にヒビがはいって、そのまま帰宅した情けなくて、恥ずかしい思い出……」と、それぞれに、何ら普段と変わらなかった、日米開戦の十二月を回想する。

〔上〕立教女学校第２回卒業生（明治24年６月29日）。前列左から２人目が黒川とよ。〔右〕晩年の黒川とよ先生〈立教女学院〉

礼拝も中止に

戦いが拡大していくと、立教高等女学校もキリスト教に基づいた教育理念がひとつずつ奪われていき、チャプレン（学校付牧師）や男性教師が召集されていった。皇居の方向に深々と一礼する宮城遥拝（きゅうじょうようはい）に抗議して退職する女性教師――三浦美知子先生がでるなど、暗黒の時を迎えようとしていた。このようにして、聖マーガレット礼拝堂での礼拝も途絶えることになった。

立教女学院百年小史は、「昭和十七年のクリスマスを目前にして、礼拝もやむなく中止した……」と記している。

当時の礼拝を、四年生だった鹿間いづみさんと二年生だった武満浅香さん姉妹は、次のように語る。

鹿間いづみさんは、「二時限目の授業が終わると礼拝の時間でした。在校生の中から選ばれた三十人から四十人のクワイア（聖歌隊）の聖歌（聖公会系の学校は、賛美歌ではなく聖歌と称している）とパイプオルガンの演奏で、礼拝がはじまります。先生方の聖書の朗読にあわせて聖書を読みながら、膝まずいての敬けんなお祈りを捧げる、厳粛なひとときでした。

礼拝が終わると二階が体育館だった、カフェテリア式の食堂で十時のおやつ――ミルクとビスケットなどの焼き菓子をいただきました。体の弱かった私には、とてもありがたいことでした。やがて礼拝は中止になりました」

武満浅香さんは、

「礼拝が中止された後は、クラスメイト数人で昼食後に図書室の前の芝生に丸くなって座り、聖歌を歌ったり、礼拝のまねごとなどして、ささやかな反抗もしました。それもすぐに目をつけられて禁止になりました」と、それぞれに振り返る。

当時、寄宿舎で舎監を辞したのちも、生徒たちを見守っていた黒川とよ先生は、

「戦時中、礼拝堂も徴用を余儀なくされました。勤労動員を命ぜられた生徒たちの多くの者が、毎朝、礼拝堂の外に立って、朝の祈りを捧げる姿を見るのは、あわれでありました。しかし寄宿舎が、最後まで収用せられなかったのは、不幸中の幸いでした。

生徒たちは、わずかの休憩時間を利用して寄宿舎に集まり、聖書研究会に出席するのを何よりの楽しみとしておりました。

この様にして、辛うじて戦時中も宗教活動を、継続することができました」と述懐している。

ひそかに回し読みした『風と共に去りぬ』

戦時下に人々を慰めたのは、ラジオのＪＯＡＫ（現在のＮＨＫ）から流れてくる、音羽ゆりかご会などの少女たちの歌声であったという。

女学生たちの愛唱歌としては、いまも歌い継がれている「早春賦」「花」「荒城の月」「庭の千草」「サンタルチア」「宵待草」「浜辺の歌」「故郷を離るる歌」「故郷の廃家」「ローレライ」「菩提樹」「野中の薔薇」――などが親しまれていた。

ここにも、やがて国家の干渉があり、ドイツやイタリア以外の外国曲は禁止され、童謡の「月の砂漠」も、軟弱で戦意を喪失させる……と、放送禁止になっている。

動員先や学校工場で休み時間に賛美歌を歌った、函館の遺愛高等女学校、横浜山手女学院や東洋永和女学校生、クリスマスに動員先からの帰りに学校に寄って、泣きながら聖歌を歌った香蘭女学校生たち。さらにアメリカの戦闘機から激しい機銃掃射を受ける動員先工場で、恐怖と戦いながら賛美歌を歌い続けた横浜共立学園女学校生、アメリカ軍の激しい砲爆撃下の沖縄では、地下の病院壕で「ひめゆり学徒隊」の沖縄師範学校女子部生が、唱歌や賛美歌

太平洋戦争が始まると金属供出のため校舎の階段の手すり（上）や雨どい（左）が外された〈立教女学院〉

高松栗林公園で、立教高女卒業直後の若山いづみさん（左端）と予備学生として海軍に入隊した従兄・伊東一義さん（左から３人目）〈鹿間いづみ〉

を歌ったことが語り伝えられている。

礼拝堂を使えなかった立教高等女学校生たちに、心から歌を歌った……という記憶は、あまりないようである。

武満浅香さんは、

「礼拝があったときには聖歌を歌い、コーラスで『流浪の民』を歌ったことぐらいしか思い出にありません。

読書は、皇后・美智子さまも愛読したという『紫苑の園』（昭和十六年、松田瓊子〈まつだけいこ、小説家・野村胡堂の次女〉）や、ひそかにまわし読みした——フェリス女学院（当時は、横浜山手女学院と改名していた）から転校してきた中西道子さんが持ってきてくれた、翻訳本の『風と共に去りぬ』（マーガレット・ミッチェル著。昭和十三年日本語訳）や『レベッカ』（ダフネ・デュ・モーリア著。昭和十四年日本語訳）。戦争という大きな力に流されていった、女学校生活だったと思っています」と語る。

日米の開戦前から、『風と共に去りぬ』は女学生たちのベストセラーだったといわれる。

さらに武満浅香さんは、

「立教高等女学校の校風は自由、ハイカラ、でも贅沢ではない雰囲気。それがいつ頃だったか、ドアの真鍮も外されて金属の供出（昭和十七年九月頃からとされる）、廊下に飾ってあった名画——ミレーの『晩鐘』などの複製画が外されて、とてもショックでした。

昭和十八年四月でクラス替え。三年生で英語か家事のクラスを選ぶことになりました。私は従兄（母の妹の息子）にあたる、当時は東京帝国大学（東京大学）生だった伊東一義さん（海軍に予備学生として入隊後の伊東さんの足跡は、拙著『梓特別攻撃隊』〈光人社NF文庫〉に詳しい）に手紙で相談しました。

その返信は『せっかくミッション系の学校に行っているのだから、欧米を知るためにも英語コースを選んだ方がよい』というものであった。この助言には今でも感謝しており、その手紙はとって置けばよかったと思います。

私は、三年A組――担任は酒谷美喜先生（英語）で学びました」と、荒れ果てていく学窓と、英語クラスの選択を回想する。

山本五十六国葬のラジオ放送

太平洋の戦いは、アメリカ軍の反撃が激しく、日本軍の敗退が続いていた。昭和十八年四月十八日、前線を視察中の連合艦隊司令長官・山本五十六大将は、暗号電報を解読され、ソロモン諸島ブーゲンビル島上空で、米陸軍戦闘機隊に搭乗機を撃墜されて戦死。国葬は六月五日に日比谷公園内に設けられた特設斎場で行なわれた。立教高等女学校でも、上級生たちが講堂に集められて、葬儀のラジオ中継に耳を傾けた。

当時の資料によれば午前九時十分から中継がはじまり、午前十時五十分に全国民が黙禱――とされる。日比谷通りを進む葬列を多くの国民が見送り、女子学習院と山本大将の次女（正子さん）が在学する山脇高等女学校（現在の山脇学園中学・高等学校）の女学生たちも沿道に参列している。

三年生の一人として講堂に集まった武満浅香さんは、この日を明瞭に記憶する。

「講堂で、国葬のラジオ中継を聞きました。『いま御霊がしずしずと日比谷の斎場へ……』なんていう、アナウンサーの実況を聞いているうちに、突然に、わけもなく可笑しくてたまらなくなり、必死に奥歯をかみ締めて笑いをこらえた。それが周囲の友達に伝染して、みんな肩を震わせながら笑いをこらえていた」と、当日を振り返る。

悪化する戦時下での教育は、皇国史観という思想がより徹底されていった。

さらに軍隊を強化するために男子の応召が増加するにつれ、食糧の増産や軍需工場の人手を確保するために、国民学校（私立は初等学校や初等部と称し、いずれも小学校にあたる）高等科（現在の中学校一年に相当する）以上の男女学徒に、根こそぎの勤労動員が法制化されていく。

昭和十六年二月には、年間を通して三十日以内の日数は、授業を廃して勤労作業にあてられ、その日数は授業と認める。

昭和十八年九月には、勤労動員を教育の一環として、年間の三分の一を作業に従事させる。さらに昭和十九年二月には、決戦非常措置により、授業はほとんど停止して、学徒の通年動員が義務づけられた。さらに学校の校舎は遊休建物とみなされ、「必要に応じて軍需工場化し……」と、校舎の転用までもが閣議決定された。

そして修学年限も一年間短縮となり、従来は五年制であった中学校や高等女学校も昭和二十年三月の卒業生は、五年間を学んだクラスと四年間のみで卒業させられるクラスが混在して、激しい空襲の中の卒業式を迎えるのである。

これらの卒業生も、引き続いて勤労動員を継続させるために、専攻科など付設クラスを設置して進学させる。あるいは、卒業生を集めた学校、町内会や会社をひとつの単位とした、満十四歳以上から二十五歳未満の未婚女性（のちに十四歳以上から四十歳未満の未配偶者にまで拡大された）による女子挺身隊を編成するという手段がとられた。

立教高等女学校も昭和十九年四月に卒業生からなる、立教高等女学校挺身隊を発足させて、国分寺市の小林理学研究所（現在のリオン株式会社）に出動している。

立教高女は学校工場で動員

昭和二十年四月一日より、国民学校初等科（現在の小学校に相当する）の児童を除き、授業は完全に停止され、学徒は総動員体制になった。

八月十五日、それぞれの勤労動員先で、終戦を迎えた動員学徒は三百四十万人を超え、死傷者は二万七百五十余名を数えたといわれる。これらの数字は、いまも正確には把握されていない。

死傷者の中には原爆で被災したミッションスクール――広島女学院や長崎純心高等女学校、活水女学校、常清実践高等女学校、鎮西学院などの男女学徒がふくまれている。

立教高等女学校は門馬常次校長が、「生徒を、空襲の目標となって被災の危険のある軍需工場に出動させないこと。生徒たちを、教職員が見守ることができる校内におくこと」を原則に、工作機械での作業による校舎の損傷を覚悟して、工場の作業を学校に持ち込ませるという学校工場方式をとった。

現在、立教女学院資料室の調査では、昭和十九年六月から陸軍多摩技術研究所（多摩研）と日本無線株式会社の合同チームが、聖マーガレット礼拝堂を使用して、ドイツから技術提供されたウルツブルグレーダーや電波兵器の製作研究にあたっていたことがわかっている。

また、昭和十九年秋には海軍の水路部が、井の頭分室を校内に設けて、艦船や航空機が航路位置を決定するために必要な、天体位置の計算作業をはじめている。

終戦近くには軍需省航空兵器総務局、兵器局飛行機課や外務省の一部も教室を使用した。

これらの学校工場で、授業を停止させられた在校生が、報国隊を編成して勤労動員での作業を行なうことになった。

聖マーガレット礼拝堂で製作されていたウルツブルグレーダー
〈津田清一著『幻のレーダー・ウルツブルグ』CQ 出版より〉

昭和十八年に入学した斎藤（遠藤）京子さんは、

「ある時、門馬先生から、『貴女たちは、まだ動員になる年齢ではないけれど、みなさんの上級生は、（線路の）向こうの小さな軍需工場に行っています。裸電球の暗い所で作業などをしています。大切なお嬢さんがたを預かっている学校としては、学校工場を決意しました。いずれは総動員となります。

水路部が来たので、仕事をさせてもらえるように頼みました。他の学校も優秀な人たちが計算の仕事をしているので、みなさんも誠心誠意、一生懸命にがんばって下さい』と言われたことがありますʼ」と、門馬校長の学校を工場化するという説明を記憶している。

水路部に勤務していた当時の浅岡済子さん〈広瀬済子〉

そして、水路部の使者として、校舎の借用依頼に訪れたのは、昭和十四年三月に立教高等女学校を卒業して水路部に勤務していた浅岡済子さんであった。

広瀬（浅岡）済子さんは、

「アメリカ軍の空襲（昭和十九年六月十六日未明、中国の成都を出撃したB－29による北九州の八幡製鉄所爆撃）がはじまり、水路部も疎開が急がれました。

ある日、課長（塚本裕四郎技師）から、

『浅岡さんの母校はミッションスクールだろう？　空襲で目標にされないだろうから、校舎を借りる打ち合わせをしてほしい』と指示され、久しぶりに母校を訪れました。

そして小川（清）先生――と記憶するのですが、お会いして主旨をお話ししました。小川先生は、『水路部の偉い人を、連れてきてほしい』と言われ、あらためて第二部部長の秋吉利雄少将が学校を訪問、詳細な打ち合わせをしていただいたと聞いております」と、水路部の校舎使用の経緯を語る。

礼拝堂も工場に

立教高等女学校の「校務日誌」は、昭和十九年四月から十一月にかけて、次のように記している。そこには、学校工場の開始と学校の存続と、信仰という灯を守るために、キリスト教を自主規制してまでも御真影を奉戴（謹んでいただくこと）したことが記されている。

四月二十一日　御真影御下賜（および教育勅語御下附）
五月十八日　門馬校長、小川（清）氏両人、日本無線へ
六月一日　本日より学校工場を開始す
七月二十五日　水路部より荷物搬入す
八月十六日　三年以上、本日より授業なし
八月二十五日　初等学校、集団疎開児童、長野へ出発
十月十四日　第五時限、第二学年勤労作業出動につき壮行会挙行（注・この二学年生、約百五十名が水路部の計算作業を行なう）

この間の九月二十日の朝日新聞は「礼拝堂も工場に」と、聖マーガレット礼拝堂での日本無線の作業を紙面に掲載した。

工場となった聖マーガレット礼拝堂〈昭和19年9月20日付「朝日新聞」より〉

在校生の勤労動員について鹿間いづみさんは、「戦争が激しくなってくると防空演習も何度かありました。私たちは短期間でしたが横河電機で真空管の検査や、大日本印刷で紙幣（軍票）の検査などにあたりました。私は昭和十九年春に五年生を終えて卒業します。卒業アルバムは制作をお願いした写真屋さんが空襲で全焼してしまい、もらえませんでした。激しい空襲の中で電車が止まり、徒歩通学や通年の勤労動員で苦労したのは、妹の浅香です」と、通年動員直前の勤労奉仕を振り返る。

昭和十九年四月から四年A組に進級していた武満浅香さんは、「学校工場が始まる前には、大崎（明治ゴム）や目黒（七欧無線）の工場に、何度か短期間派遣されました。工場の女工さんたちに歌を教わって歌ったこともありました。六月ごろから学校工場になりました。校内には海軍の部隊（水路部であろう）もいて、クラスメイトと『海軍の方が、陸軍よりカッコ良くていいね』などと話をしていました。四学年から、授業もなくなってしまいました。私たちは、礼拝堂に十五センチぐらいの日

昭和18年、横河電機へ動員された５年Ｃ組の女学生たち。前列左から３人目が吉田静子先生、３列目左から４人目が若山いづみさん〈立教女学院〉

本無線製の不良真空管をとりに行き、教室で七から八名のグループを何班かつくり、手袋をして作業の分担を決めます。ひとりは棒でたたいて真空管のガラスを割り――いま考えても危険でしたね――次の人に送る。次の人はソケットを抜く、その次の人は電子部品をとる、という流れ作業を行ない、電子部品の回収にあたりました。

作業は名簿順（あいうえお順）に並び、私と、隣りの由井恒子さんは笑い上戸――。作業中、おしゃべりして笑い声をあげたりして、先生に『ちょっと残んなさい！』と残されて怒られたことも。『作業は一番なんだから、いいじゃないですか！』と思っていた。

教室で作業を監督し、私たちのことを見守り気遣って下さったのは、担任の鈴木芳

昭和19年、５年生報国隊。前から２列目左から５人目が小川清先生。３列目左から３人目が菅原禮子さん〈立教女学院〉

昭和19年、４年生報国隊。前列左から５人目が酒谷美喜先生、６人目が小川清先生。２列目右から５人目が中西道子さん、３列目左から５人目が若山浅香さん、６人目が由井恒子さん〈立教女学院〉

立教高等女学校学徒勤労動員（昭和19年〜終戦）

学年	動員期間	動員先	作業内容
5年生	昭和19年6月1日〜	学校工場　日本無線	不良通信機の部品どり
4年生	昭和19年6月1日〜	学校工場　日本無線	不良真空管の電子部品どり
3年生	昭和19年6月28日 〜昭和20年2月5日	日本電業社	
	昭和20年3月？〜	学校工場　日本抵抗器製造社	
2年生	昭和19年10月14日〜	学校工場　水路部	高度方位暦計算

〈校舎の使用状況〉

聖マーガレット礼拝堂	日本無線／陸軍多摩技術研究所（多摩研）
初等学校校舎の一部	多摩研　井の頭分室
体育館・食堂	水路部　井の頭分室

子先生（国語、書道）です。

私は昭和二十年春に、四年生終了で卒業させられました。授業不足を心配して、学校は専攻科を設けて進学させてくれましたが、実態は授業のない、勤労動員が続きました」と、四年生グループの学内の勤労動員を語る。

そして武満浅香さんは、学校工場の帰りに、不良女学生に変身する。

「わざわざ遠まわりをして池袋に映画を見にいったりしていました。学校に見つかったら、当時は不良行為で大変！『美しき争い』（フランス映画、昭和十五年日本公開）、『格子なき牢獄』（フランス映画、昭和十四年日本公開）、『楽聖ベートーヴェン』（フランス映画、昭和十二年日本語吹き替え版公開）、『故郷』（ドイツ映画、昭和十六年日本公開）など、楽しみとか、遊ぶっていうと映画に行くことぐらいでした」と、戦時下に公開された外国映画を、鮮明に記憶している。

水路部の仕事

それでは井の頭分室を設けた水路部（現在の海上保安庁海洋情報部）とは――。

その誕生は明治四年に兵部省海軍部内に創設された、水路局にまでさかのぼる（初代水路局長となる、柳楢悦（やなぎならよし）は徳川幕府が一八五五年〈安政二年〉に、欧米の進んだ測量技術を習得するために開設した、長崎海軍伝習所で学んだひとりであった）。

測量船や気象観測船を保有して水路の測量、軍用の海洋気象観測、水路図誌や航空図誌の調整・準備や保管と供給（軍および民間向け）、そして航海・航空保安に関する業務を行なった。

水路部が発信する水路情報は、官民を問わず船舶が安全な航海を行なうために必要な水路に関する情報であり、海図、水路書誌、水路通報、海洋気象、気象情報などである。海図は航海するために必要な沿岸の地物や水路の状況をしめしたもの。水路書誌は海図では表わしきれない水路に関する細かい情報や航路標識に関する情報。さらに天測航法用の天測暦や潮汐表などを書籍としてまとめたもの。海図上の水路、沿岸、港湾などの状況は自然災害や人為的に変化することがあり、これは船舶保安に影響する。

海図は軍港付近以外のものは、民間に販売されていた。

水路部の組織

水路部長（中・少　将）

- 総務部（大　佐）
  - 各部事務の総合統一・測量艦・出師準備・軍需工業動員・図誌の準備保管
  - 出納・受託図誌・払下図誌ほか一般庶務
- 会計部（主計大・中佐）
  - 予算・決算・収支・購買・売却・通常物品保管出納・運搬
  - 海軍共済組合
- 第一部（少将・大佐）
  - 第一課（大・中佐）
    - 水路図誌・航空図誌の編集・原稿保管・水路告示・航空告示・水路・航空路および港湾の調査研究
  - 第二課（大・中佐・技師）
    - 製版および印刷・同技術の研究・原版保管と改補
- 第二部（少　将）
  - 第三課（大・中佐）
    - 水路測量の計画および実施・測量原図調製・磁気の調査研究
    - 測量術の研究・測量艇および器材
  - 第四課（大・中佐・技師）
    - 潮汐・潮流観測の計画と実施・験潮所および器材・天文および潮汐の諸元推算と研究・天文および潮汐図誌の編集と原稿保管
  - 第五課（大・中佐）
    - 海象観測の計画と実施・海象通報・観測船・観測所・器材
    - 海象の調査研究・関係図誌編集と原稿保管
- 第三部（少　将）
  - 第六課（大・中佐）
    - 気象観測の計画と実施・気象観測所・器材
    - 気象観測の研究
  - 第七課（大・中佐）
    - 気象の調査研究・兵用気象通報
    - 気象に関する図誌の編集と原稿保管
- 修技所（大・中佐兼務）
  - 海図・航空図編集に従事する者の教育・製図・製版・印刷に従事す者の教育・測量・天文・潮汐・潮流・海象の業務に従事する者の教育

昭和16年5月15日、築地の水路部本庁舎前の主要部員。前列左より、寺嶋昌善中佐（海兵50、五課・六課）、３人おいて相馬信四郎大佐（海兵42、第一部長兼第一課長兼第二課長）、１人おいて下坊定吉少将（海兵40、第二部長兼第三部長）、小池四郎中将（海兵37、水路部長）、秋吉利雄大佐（海兵42、第四課長）、土井高大佐（海兵42、第六課長兼第七課長）、朝比奈秀雄大佐（海兵44、第三課長）、山川幾蔵中佐（海兵46、第五課長兼修技所所長）。３列目左から２人目、塚本裕四郎技師（編暦、のちの水路部長）〈寺嶋昌幸〉

ここで特筆すべきことは、海軍の各部は海軍航空隊、海軍兵学校、海軍通信学校、海軍気象部などと「海軍」の文字を冠称している。ところが水路部には、「海軍」が付いていない。外部から見て何省に属しているか判別が難しいことから、「海軍水路部」と改称されることを望んでいた。

しかし海軍当局は、「水路業務は軍部に限らず、一般の文化・産業・科学などに貢献する」という考えから、海軍の冠称を不要とした。

天文学と数学の知識を必要とした測量技術が、飛躍的に進歩したのは、十八世紀末であり、特に欧米諸国で海図の作成を担ったのは、各国の海軍水路局であった。水路局の発足はフランスが最も早く一七二〇年、イギリスが一七九五年と続いた。

各国の水路部は、自国のみならず、全世界共通の統一様式で、海図や水路図誌などを作成することが求められている。この統一化がなされたのは、第一次大戦が終わった大正八年（一九一九）のことである。イギリス、フランス両国の水路部長の提唱により国際水路会議が招集され、ロンドンに二十四ヵ国の水路官庁関係者が参集して、書式の標準化が議論された。

大正十年にはモナコにイギリス、オーストラリア、中国、フランス、ギリシャ、日本、オランダ、ノルウェーなど十八ヵ国によって国際水路局（現在は国際水路機関〈ＩＨＯ〉と称している）が発足している。まもなくアメリカ、イタリア、ニュージーランドなども加わった。

昭和八年、日本は満州国を建国したことから、世界の非難を浴びて国際連盟から脱退した。しかし、国際連盟の下部組織である国際水路局には加盟を続けて、昭和十五年に正式に脱退するまで、各国水路部と図誌交換や共同研究、照会業務を継続したのである。このように、日本海軍の組織に属しながらも水路部は軍・民間を問わず、各国と協調しながら、世界に広くデータを提供する、ほぼ独立した技術集団であったことがわかる。

航海・航空用天文暦

『日本水路史』は、立教高等女学校内に設けられた水路部井の頭分室について、次のように記している。

――井の頭分室、杉並区久我山、立教高等女学校使用、天文諸元推算（昭和十九年十月～二十年十月）、九十八名在籍。作業所として高等女学校校舎使用（注・在校生に作業の一部を託したということ）、昭和十九年十月～二十年八月。航空用天文暦推算。

水路部の組織によれば、天文の諸元推算――地球は西から東へ自転しているため、恒星は見かけ上、東から西に向かって運動する。これを日周運動という。北半球では極近くの恒星は北極中心をまわる周極星となり、一時間に十五度、動くことになる。したがって、時間ごとの星の位置と方位を推測計算（推算）する必要がある。これが後述するように船舶や航空機が、現在の行動位置を求めるための基本データとなる。さらに、天文および潮汐図誌の編集と原稿の保管にあたるのが、第二部第四課である。

当初は、洋上を航海する船舶向けに太陽や惑星、恒星の位置をあらわすものとして『航海年表』が明治四十年に調製されていた。この年表は航行中の船上から六分儀で、これら天体の位置を測定し、クロノメーターという精密なゼンマイ時計で時刻を測り、現在の位置を割りだすという作業に、必要不可欠なものであった。

はじめ天体の位置に関するデータは、イギリスの天文暦に頼っていたこともあり、第一次大戦が起こると、原本の入手が遅れるという不都合が生じた。そこで、水路部で独自に推算を行なう必要性が上申されて、大正四年、正式に編暦科が新設された。第一次大戦が終わった大正八年には太陽暦算に着手、やがて惑星、恒星の推算を水路部独自で開始する。

大正十五年四月に、選科学生として海軍士官の身分で、東京帝国大学に合格して天文学を専攻した秋吉利雄大尉（長崎・鎮西学院、海兵四十二期。昭和十七年に「航海天文学に関する研究」で理学博士）が第四課（編暦）勤務となった。

のちに少将に昇任する秋吉大尉は、昭和九年から翌年にかけて、関東大震災のデータを解析した東大地震研究所や京都帝国大学（京都大学）の教授とともに相模湾や小笠原、日本海溝で、海軍の潜水艦を使って、動揺のない水中での重力振子（振り子の周期Tは、次の式であらわす。$T = 2\pi\sqrt{\ell/g}$ ℓは振り子の長さ、gは重力加速度。重力の値により、振り子の周期は変動する。これを利用して、地上各地の微妙な重力の違いを調べることができる）による重力測定を行なった。その測定結果は、プレートテクトニクス理論につながる日本海溝での重力異常を観測して、当時の国際測地学地球物理連合に報告され、高く評価された。

さらに日米の学者とともに、昭和九年にはロソップ島での皆既日食、昭和十八年の北海道での皆既日食では観測班の指揮をとり、日本の学者とともに観測に成功している。終戦後はテクニカル・コンサルタントとしてＧＨＱ（連合国軍総司令部）との協同業務にあたるなど、水路部の発展に貢献する人で、昭和二十二年三月二十三日に病没している（秋吉少将は、九州の福岡で聖公会信徒の家庭に生まれ育った。妹のトヨさんは成人すると、西日本各地を旅する伝道師となっている〈ちなみに明治の歌人・石川啄木の妹、光子さんも聖公会の伝道師であった〉。教会の窓ガラス拭きなどをして苦学した秋吉少将も信徒であり、これが立教女学院に縁を結んで導かれていく〉。

さらに昭和二年には、同じく東京帝国大学天文学科を卒業した塚本裕四郎技師（戦後は海上保安庁で水路部長をつとめる）が加わり、当時の秋吉利雄少佐が中心となって、三年先（昭和五年分）の「太陰（月）」の推算が始められた。

その計算は独立した二種類の計算式による、計算方法（第一推算、第二推算と呼ばれた）で、計算値を比較しながら誤りを防ぐことに注意がはらわれた。

大正十五年には発達する航空機用に、ほぼ航海年表に準じた「航空年表」が調製・発行されている。これは小型飛行機用の天測専用暦として世界最初のものであった。

長距離飛行に必須だった天文航法

目標のない洋上を航行する艦船や飛行する航空機にとって、天体を目標として自分自身の位置を求めながら航海をしたり、飛ぶことを天文航法という。これらの天体を、六分儀を用いて測るのが天測である（船上では水平線を基準線としてもちいるが、高空を飛ぶ航空機は気泡六分儀の気泡を仮の水平線とした)。

現在位置を求める基本となる計算法は、一八一二年(文化九年)にドイツの数学者であり天文学者、物理学者のカール・F・ガウスによって解かれている。それは「赤道座標(地上の緯度、経度にあたる天球の赤緯、赤経)が与えられた、二つの星の高さから、時間と場所が決定される」ということである。

北半球では北極星の高度を測れば緯度がわかる。しかし左右(東西)の経度はわからない。地図上の一度＝六十分＝百十一キロメートルで、一分は一・八五二キロメートル(一海里、一ノット＝時速一海里)にあたる。つまり一分の誤差を生ずると一・八五二キロメートル、コースから逸脱する——ということになる。

昭和四年から五年になると内地から十五式飛行艇が、父島やマウグ島を経由してサイパン往復飛行をはじめた。海軍の航空機も本格的な長距離洋上飛行の時代となって、偏流測定(上空の風による流された変位を測ること)と航空図で飛行してきた推測航法に、いよいよ天測をとりいれる必要が生じてくるのである。

水路部内の技術も進歩をとげて、昭和十五年には従来の計算に用いられていた対数(log)計算を廃して、普及しはじめたタイガー卓上計算機による乗除算とそろばんによる加減算を活用して、計算法の簡易化に成功する。その中心となったのが、塚本裕四郎技師であり、昭和十七年から航海年表は『天測暦』『航海暦』に変わった。一日の、すべての天体の位置を

タイガー計算機。写真は昭和15年製〈株式会社タイガー〉

同ページに記し、二個以上の天体の同時観測を便利にするためと、計算方式を各天体共通にするために統一した書式にしたためである。

海軍の航空隊内でも、天測の神様といわれた松丸三郎航空兵曹長（大正十四年に海軍に入団、偵練十二期）が、『航空天測表』を考案した。この表は厚く、かさ張ることを除けば、狭い機上でも、現在位置を割り出すのに使う、位置の線（位置の線の詳細は後述する）を手早く求めるのに、都合よくできていたといわれる。これは「松丸表」と呼ばれ、大型機を保有する航空部隊に配布された。

予科練と呼ばれた甲種飛行予科練習生は中学二年修了程度の学歴、乙種飛行予科練習生の多くは高等小学校卒業程度の学歴である。晴天の夜間、夕食後の飛行場は天測訓練の教室でもあった。夜間天測訓練における星座と星の名称を教育することも難作業で、神話伝説を織り交ぜて、星座を教えた教官もあったといわれている

海軍機の航法を担う偵察員は、気泡六分儀を扱い、天測中には同高度を等速で直線飛行させなければならない操縦員とともに、絶妙のテクニックが必要であった。

当時の飛行機は〝夜間は飛ばないもの〟であり、陸軍機に限れば〝海の上は飛ばないもの〟というのが一般的な考え方であった。しかし、太平洋戦争が開戦すると海軍中攻隊や大艇隊は洋上を遠く進出しての索敵や、昭和十七年三月には横浜航空隊の二式大艇がハワイの夜間攻撃、ミッドウェー偵察など天測航法で長時間の夜間飛行を行なっている。

昭和十九年三月九日には、七〇五空の雷爆装した十二機の一式陸攻がトラック島を出撃して、月齢十四の月を天測しながら、片道六百七十五海里（約千二百五十キロ）の夜間洋上飛行をおこない、マーシャル諸島ブラウン泊地（エニウエトク環礁）の飛行場と艦船を攻撃して、全機が帰投している。

同年十二月二十五日の深夜には、攻撃五〇一飛行隊（「銀河」隊）が硫黄島を中継して、サイパン島のB-29の基地を爆撃、約三百海里（約五百四十キロ）の帰路を、冬の星座を天測して硫黄島に帰着している。

このように長距離を行動する、海軍の中攻隊や陸爆隊、大艇隊にとっては天測航法が必要な手法であった。

天測表と高度方位暦

ここで水路部が作成した各種の天測表と、その使用方法を語ってくれるのは、水路部で同僚から〝ねこさん〟と親しまれた金子秀（かねこさかえ）さんである。金子さんは昭和十三年に都立工芸学校（現・都立工芸高等学校）を卒業して、水路部に技手（ぎて）として勤務、昭和二十年春には、東京女子高等師範附属高等女学校（現・お茶の水女子大学附属中学・高等学校）で、石黒いづみさん（都立第一高等女学校〈現・都立白鷗高等学校〉出身）と、磯田順子さん（都立第二高等女学校〈現・都立竹早高等学校〉専攻科出身）とともに、天測表を計算する動員学徒を指導した（なお、東京府が東京都となるのは、都制実施にともなう昭和十八年七月以降だが、本編での校名は都立に統一した）。

　金子秀さんは、

「水路部で作り、ひろく使われたものは、暦では『天測暦』『天測略暦』で、計算表としては『天測計算表』『簡易天測表』などがあります。

　まず、推定位置（針路、速力などから最も確からしい経緯度を採ったもので、端数が付く）用に『天測暦』と『天測計算表』を、仮定位置（適当に真の位置に近いと思われる、キリの良い点）用に『天測略暦』と『簡易天測表』を組み合わせて使うようになっていました。

　『天測暦』と『天測計算表』は大型船舶用で精度が高いもので、操作の簡易化とスピードを重視して、精度を少し落としたものが『天測略暦』と『簡易天測表』です。『簡易天測表』では、球面三角（関数の方程式——この解法の式は、秋吉少将の研究によれば、四十八種類にもおよんだといわれる）の計算結果を直接に載せており、厄介な計算は不要です。

しかし航空機用には、まだ簡易化とスピードが足りない……と、昭和十九年には『天測略暦』と『簡易天測表』を使って、地上であらかじめ天測計算を行ない、その答えだけを本にして携行、機上では天体の観測だけやればよいように――と作られたものが、航空機用の『高度方位暦』です。

行動する地点は、どこになるか不詳なので、仮の点（仮定位置）がどこになるのか判りませんから、多くの地点を配置して太陽、月、惑星（金星、火星、木星、土星）、明るい恒星（十三星――たとえばベガ〈琴座〉、アルタイル〈わし座〉、スピカ〈乙女座〉、デネブ〈白鳥座〉、アンタレス〈さそり座〉、リゲル〈オリオン座〉、アケルナル〈エリダヌス座〉など）の二十四時間、二十分ごとの各点における高度と方位を計算することになります。これは暦ですから、その日が過ぎれば廃棄されるもの――膨大な計算作業となり、コンピューターのない時代、動員学徒の皆さんの力をお借りすることになったのです」と、解説してくれた。

それでは海軍の航空機に搭乗する偵察員は、どのように天測表を使い、航路を決定していたのであろうか。

田中三也（たなかみつなり）さん――大正十二年に石川県に生まれ、昭和十四年十月に第五期甲種飛行予科練習生として、海軍に入隊、昭和十八年八月には海軍の全飛行隊から特に選抜され、第十一期特修科飛行術（偵察専修）練習生（偵察特練二期生）として高等教育を受ける。主に水上偵察機や最新鋭の「彩雲」偵察機に搭乗して、千九百五十時間という飛行時間を持った、終戦時に健在であった数少ないベテラン偵察員のひとりである。

まず田中さんは、自己流に考案して、次のように星の名を覚えたという。

「さそり座『さそりの首は貴女です――アンタレス』、オリオン座の周辺『オリオンのレッドとブルーは反対で、リジュエル（リゲル）とベテルギュース』、『（オリオンの）三星を東に伸ばしてシリがあり――シリウス（おお犬座）』、『赤、青（オリオン座のリゲルとベテルギュース）をばらんと跨いで――アルデバラン（牡牛座）』、『左回りに、キャペラ（ぎょしゃ座のカペラ）、カストル（ふたご座）、プロション（プロキシオン〈こいぬ座〉）』……」

みごとに、夏や冬の空に輝く一等星が表現されている。

「特修科での初日の天測理論の座学は、球面三角（方程式）から始まり、『明日までに公式が解けるように』と、黒板の全面に公式が書かれた。これには参った！

さらに、『これから君たちが使用する天測表の多くの数値は、東京の多くの女学生（注・時期的に都立第一高等女学校生たちであろう）の奉仕によって計算されたものであって、この公式を使っている』と聞かされた」

〝女学生〟と聞かされた田中さんは、ウキウキとした気分になり、俄然やる気になったという。

田中さんによる天測航法の基本を別稿に示した（60、61ページ）。

計算の簡易化と七・五ポ活字

「高度方位暦」は勤労動員の女子学生たちが、計算尺などで計算を行なっていた。水路部に

昭和19年8月、鈴鹿で海軍の偵察員に天測の指導を行なう田中三也さん（後列左から2人目、当時上等飛行兵曹）。最前列の搭乗員が持つのは気泡六分儀〈田中三也〉

日本海軍で使っていた気泡六分儀〈坂井田洋治〉

図1

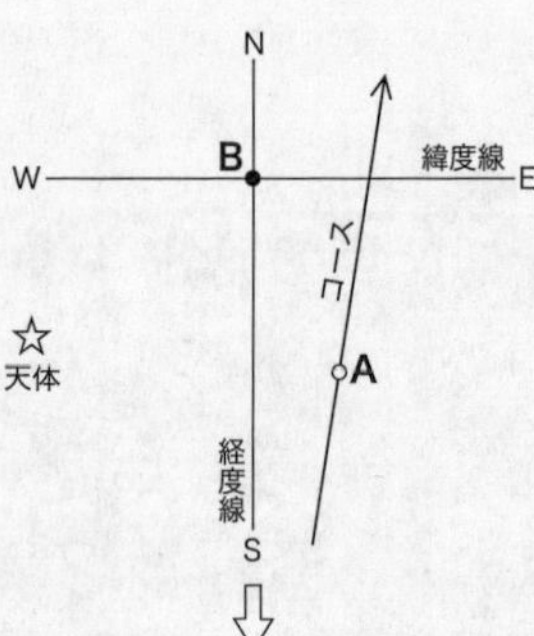
N
B
W
緯度線
E
コース
☆
天体
A
経度線
S

図2

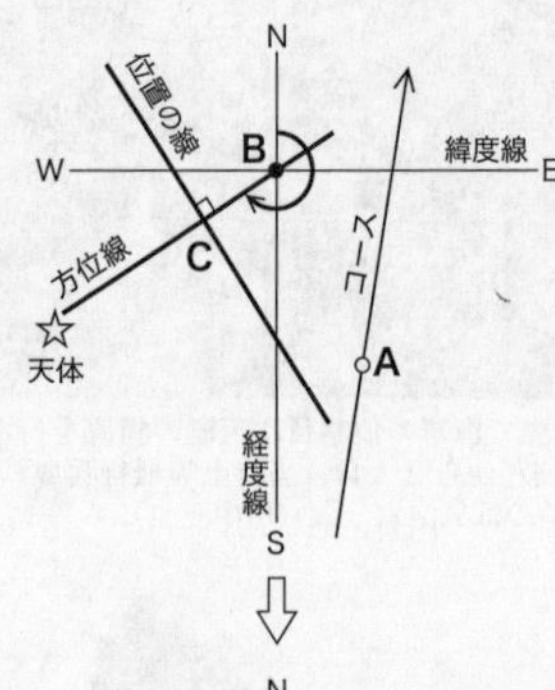
N
位置の線
B
W
緯度線
E
コース
方位線
C
☆
天体
A
経度線
S

図3

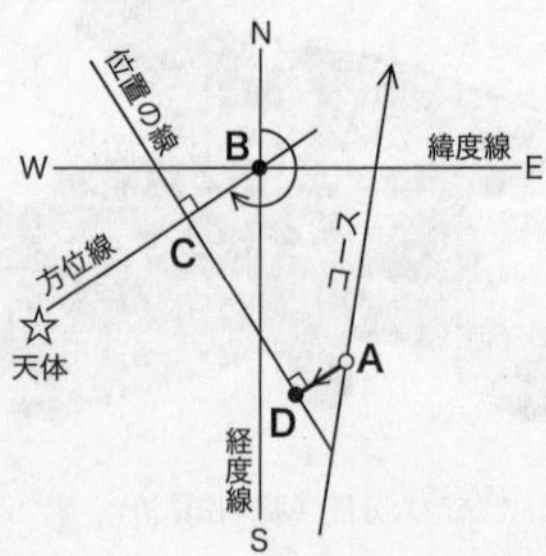
N
位置の線
B
W
緯度線
E
コース
方位線
C
☆
天体
A
D
経度線
S

飛行中の天測による機位の求め方

1　天測準備〔図１〕

（１）コース上に、天測予定時刻の推定機位〈A〉を求める。

（２）測定する天体をきめる。

（３）推測位置の近くに、天測計算上、天体の地方時角（ＬＨＡ）が整数度の経度と緯度になる仮定位置〈B〉を求める。

（４）仮定位置での観測予定時刻の天体の方位と高度を天測表で求めておく。

※高度方位暦を使用した場合、（３）、（４）は不要で、コースに近い基地を仮定位置〈B〉とすれば良い。

2　位置の線〔図２〕

（１）地球上で同一天体の高度を同じ値で観測できる場所は、地球を輪切りにした円周である。その一部を利用するので直線とみなし、その線上のどこかに位置しているのである。この線を位置の線という。

（２）２本の位置の線を求められればその交点、また３本の場合は、その三角形の内心が求める機位である。もちろん、観測時刻の修正は必要である。

3　天測の実施〔図２〕

（１）観測予定時刻に気泡六分儀で天体の高度を測定する。その実測値とあらかじめ求めてあった仮定位置の計算値を比較する。実測値が大きければ天体に近く、小さければ逆に遠いことになる。その距離は、角度１度は60マイル、１分は１マイルで計測する。わずかだが、器差（六分儀）、気差（光の屈折）等も実測値に加味される。

（２）実測値と計算値の差（距離）を仮定位置より天体の方位線上にとり〈C〉とする。

（３）このＣ点で方位線に垂直の線が求める位置の線である。

4　天測位置の決定〔図３〕

（１）図上に引かれた位置の線に対して推測位置〈A〉点より垂線を引き〈D〉点とする。

（２）このＤ点が測定時の機位である。

（監修：田中三也）

「極秘」を示す赤い表紙がつけられた「高度方位暦」原本〈海上保安庁海洋情報部〉

動員され「高度方位暦」の計算にあたった、別表（119〜122ページ）に示す二十校の中で、少なくとも都立第一高等女学校、都立第二高等女学校、日本女子大学校附属高等女学校、東京女子高等師範附属高等女学校のグループは三角関数での計算を回想する。

ある日、作業量の多さが頭痛のたねであった金子さんは、みずから考案した附表を使えば加減演算だけで、しかも暗算でもできることを発見して、作業の簡易化が実現された。

後述するように、立教高等女学校生たちは、この簡易化された計算法で、「高度方位暦」を計算している。

さらに水路部第一部への勤労動員で、麹町高等女学校（現・麹町学園女子中学・高等学校）、東京高等工芸学校印刷科（現・千葉大学工学部）生とともに、この「高度方位暦」の印刷にあた

4　　7月　木更津 35° 24′ N　139° 55′ E　昭和20年

T	7日									8日									9日									T
	ベガ			アルタイ			アルフエ			ベガ			アルタイ			アルフエ			ベガ			アルタイ			アルフエ			
h m	°	′	°	°	′	°	°	′	°	°	′	°	°	′	°	°	′	°	°	′	°	°	′	°	°	′	°	h m
0 0	81	5	298	62	21	163	29	47	74	80	22	296	62	35	165	30	34	74	79	36	295	62	48	167	31	20	75	0 0
20	77	18	292	63	12	173	33	46	76	76	32	291	63	16	176	34	31	77	75	46	290	63	19	178	35	18	77	20
40	73	25	289	63	16	184	37	44	78	72	40	289	63	10	187	38	30	79	71	53	288	63	3	189	39	18	79	40
1 0	69	30	288	62	32	195	41	46	81	68	45	288	62	18	197	42	33	81	67	59	288	62	3	199	43	20	82	1 0
20	65	36	288	61	5	205	45	48	83	64	50	288	60	44	207	46	36	83	64	5	288	60	21	209	47	23	84	20
40	61	42	288	59	3	215	49	52	85	60	56	288	58	35	216	50	40	86	60	9	288	58	7	218	51	27	87	40
2 0	57	48	289	56	30	223	53	57	88	57	2	289	55	56	224	54	44	89	56	17	289	55	23	226	55	32	90	2 0
20	53	55	289		月		58	2	91	53	11	290	52	56	231	58	50	91	52	25	290	52	18	232	59	37	93	20
40	50	7	291	4	38	71	62	6	94	49	21	291	49	38	237	62	54	95	48	36	291	48	58	238	63	42	96	40
3 0	46	16	292	8	22	73	66	11	98	45	32	292	46	8	242	66	57	99	44	47	292	45	25	243	67	44	100	3 0
20	42	29	293	12	8	76	70	12	102	41	45	294	42	26	247	70	58	103	41	1	294	41	42	247	71	44	105	20
40	38	45	295	15	59	79	74	5	109	38	2	295	38	38	251	74	50	110	37	17	296	37	53	252	75	34	113	40
4 0	35	3	297	19	55	81	77	51	119	34	20	297	34	44	255	78	32	122	33	37	297	33	57	255	79	11	124	4 0
20	31	26	298	23	50	83	81	5	133	30	43	298	30	46	258	81	37	139	30	0	299	29	59	259	82	5	145	20
40		太	陽								太	陽								太	陽							40
5 0	4	30	65							4	25	66							4	19	66							5 0
20	8	11	68							8	5	69							8	0	69							20
40	11	59	70	フオマ		ル	アルク		ツ	11	53	71	フオマ		ル	アルク		ツ	11	48	71	フオマ		ル	アルク		ツ	40
6 0	15	50	73	7	3	135	22	26	279	15	45	74	7	36	135	21	38	279	15	40	74	8	10	136	20	50	280	0 0
20	19	45	75	9	51	138	18	23	281	19	40	76	10	23	138	17	36	282	19	35	76	10	54	139	16	50	282	20
40	23	44	78	12	29	142	14	25	284	23	39	79	12	58	142	13	38	285	23	33	79	13	27	143	12	53	285	40
7 0	27	45	80	14	55	146	10	24	287	27	39	81	15	23	146	9	37	287	27	34	81	15	48	146	8	51	288	1 0
20	31	46	83	17	7	150	6	32	289	31	41	84	17	31	150	5	46	290	31	35	84	17	56	151	5	2	290	20
40	35	48	86	19	4	154		金	星	35	43	87	19	27	154		金	星	35	37	87	19	47	155		金	星	40
8 0	39	53	88	20	47	158	3	25	72	39	47	89	21	5	159	3	31	72	39	42	89	21	23	160	3	37	72	2 0
20	43	58	91	22	12	162	7	15	74	43	52	92	22	27	163	7	20	74	43	47	92	22	41	164	7	26	74	20
40	48	1	94	23	19	167	11	11	77	47	56	95	23	30	168	11	16	77	47	50	95	23	41	169	11	22	77	40
9 0	52	3	97	24	7	171	15	11	80	51	58	98	24	14	172	15	15	80	51	53	98	24	21	173	15	20	80	3 0
20	56	4	101	24	36	176	19	12	82	55	59	102	24	38	177	19	16	82	55	54	102	24	40	178	19	21	82	20
40	60	1	106	24	42	181	23	14	85	59	56	107	24	42	182	23	19	85	59	50	107	24	40	183	23	22	85	40
10 0	63	52	111	24	30	186	27	17	88	63	46	112	24	25	187	27	22	88	63	41	112	24	19	188	27	25	88	4 0
20	67	33	118	23	56	190	31	21	91	67	27	119	23	47	191	31	26	91	67	21	119	23	38	192	31	29	91	20
40	70	57	128							70	51	128							70	45	129							40
11 0	73	55	140							73	49	140							73	42	141							0
20	76	7	156							76	1	157							75	54	157							20
40	77	12	176							77	5	177							76	58	177							40
12 0	76	49	195							76	43	195							76	37	195							0
20	75	6	215							75	2	215							74	58	214							20
40	72	31	228	アルタ		イ		木	星	72	28	228	アルタ		イ		木	星	72	24	227	アルタ		イ		木	星	40
13 0	69	16	238	11	30	87	40	18	241	69	13	238	12	18	88	39	40	242	69	11	237	13	6	89	38	59	243	19 0
20	65	44	246	15	35	90	36	40	245	65	42	246	16	23	91	35	59	246	65	39	245	17	12	91	35	18	247	20
40	61	58	252	19	39	93	32	52	249	61	56	251	20	26	94	32	10	250	61	54	251	21	15	94	31	27	251	40
14 0	58	4	257	23	44	96	29	0	253	58	3	256	24	30	97	28	17	254	58	1	256	25	19	97	27	34	254	20 0
20	54	4	261	27	45	99	25	2	256	54	3	260	28	33	100	24	19	257	54	2	260	29	21	101	23	35	258	20
40	50	2	265	31	47	103	21	3	260	50	1	264	32	33	103	20	19	260	50	1	264	33	20	104	19	34	261	40
15 0	45	59	268	35	43	106	16	59	263	45	58	267	36	29	107	16	16	263	45	57	267	37	15	108	15	32	264	21 0
20	41	55	271	39	36	110	12	56	266	41	54	270	40	22	111	12	13	266	41	53	270	41	5	112	11	29	267	20
40	37	50	273	43	22	114	8	53	269	37	49	272	44	7	115	8	10	269	37	48	272	44	49	116	7	25	270	40
16 0	33	46	276	47	1	119	4	51	272	33	45	275	47	43	120	4	8	272	33	45	275	48	25	121	3	25	273	22 0
20	29	44	279	50	30	124	アルフ		エ	29	43	278	51	9	125	アルフ		エ	29	42	278	51	48	127	アルフ		エ	20
40	25	42	281	53	44	130	15	14	65	25	41	280	54	19	132	15	57	66	25	40	280	54	55	133	16	42	66	40
17 0	21	44	284	56	39	137	18	59	68	21	43	283	57	11	139	19	43	68	21	41	283	57	43	140	20	28	69	23 0
20	17	47	286	59	10	145	22	46	70	17	45	285	59	37	147	23	31	70	17	43	285	60	1	149	24	17	71	20
40	13	54	289	61	11	155	26	38	72	13	52	288	61	31	156	27	23	73	13	50	288	61	50	158	28	10	73	40
18 0	10	3	291	62	35	165	30	34	74	10	1	290	62	48	167	31	20	75	9	59	290	62	57	169	32	8	75	24 0
20	6	19	294							6	17	293							6	15	293							18 20
40		ベ	ガ	アルク		ツ	アンタ		レ		ベ	ガ	アルク		ツ	アンタ		レ		ベ	ガ	アルク		ツ	アンタ		レ	40
19 0	40	1	66	74	0	187	21	29	149	40	46	66	73	55	190	21	53	150	41	29	66	73	46	194	22	16	151	19 0
20	43	47	67	73	2	204	23	23	154	44	31	67	72	42	206	23	45	155	45	16	68	72	21	210	24	4	155	20
40	47	33	68	71	2	217	25	2	158	48	19	69	70	34	220	25	19	159	49	4	69	70	3	222	25	36	160	40
20 0	51	24	70	68	20	228	26	21	163	52	9	70	67	43	230	26	35	164	52	55	70	67	7	232	26	47	165	20 0
20	55	16	71	65	8	237	27	22	168	56	1	71	64	28	239	27	30	169	56	46	71	63	46	240	27	39	170	20
40	59	8	71	61	37	244	28	0	173	59	52	72	60	52	245	28	6	174	60	39	72	60	10	246	28	9	175	40
21 0	63	1	72	57	53	250	28	18	179	63	47	72	57	8	251	28	18	179	64	33	72	56	23	252	28	18	180	21 0
20	66	55	72	54	0	254	28	13	184	67	42	72	53	14	255	28	9	185	68	28	72	52	27	256	28	6	186	20
40	70	50	72	50	2	258	27	47	189	71	36	72	49	16	259	27	40	190	72	21	72	48	28	260	27	31	191	40
22 0	74	44	71	46	1	262	27	0	194	75	30	70	45	14	263	26	48	195	76	15	70	44	26	263	26	36	196	22 0
20	78	35	68	41	58	265	25	52	199	79	19	67	41	9	266	25	36	200	80	4	65	40	22	267	25	20	201	20
40	82	18	60	37	53	268	24	25	204	83	0	58	37	6	270	24	5	205	83	40	55	36	19	270	23	45	205	40
23 0	85	33	39	33	48	271	22	39	208	86	1	32	33	0	272	22	17	209	86	24	23	32	12	272	21	54	210	23 0
20	86	31	348	29	44	274	20	37	212	86	12	337	28	56	275	20	12	213	85	46	328	28	7	275	19	45	214	20
40	83	56	309	25	41	277	18	21	216	83	16	305	24	52	277	17	51	217	82	34	302	24	4	278	17	23	218	40
24 0	80	22	296	21	38	279	15	49	220	79	36	295	20	50	280	15	18	221	78	51	293	20	2	280	14	47	222	24 0

「高度方位暦」の１ページ〈海上保安庁海洋情報部〉

っていた都立工芸学校印刷科の野村保惠さんは、「『高度方位暦』は索敵機が敵機と交戦して機位を失った時などに、手早く帰投コースに乗せるために使用する——と聞かされていました。星（たとえばアンタレス、デネブ、ベガなど）ごとに、活字をイタリック、ゴシック、ローマン体などに統一して、見やすくしてあった。活字を拾い、校正を担当するのは麹町高等女学校生、私たちは、その活字で版を組む作業を行ない、月が三つに見える仮性近視にもなりました。活字は水路部独特の七・五ポイントでした」と回想する。

水路部部員の回想する井の頭分室

立教高等女学校内に設けられた、水路部井の頭分室で勤務した部員たちは、それぞれに編暦の業務と井の頭分室を回顧してくれる。

田中（水田）いづみさん——都立第三高等女学校（現・都立駒場高等学校）出身、昭和十五年に入部——は、

「クラスメイトに誘われて、水路部を受験しました。面接官（鈴木敬信技師、のちの東京学芸大学教授）に『理数系の成績が悪い』と、言われましたが、『何言ってんのよ、立派にお役に立って見せるわよ！』と内心は思っていました。

昭和19年秋、立教高等女学校校舎を背にした水路部井の頭分室の部員たち。前2列目左より国島？さん、不詳、筋野尚子さん（東京高女、太陽掛）、不詳、山崎真義少尉（兵予３期、東京物理学校）、鈴木敬信技師、関守一技師、清本固技師、石川洋少尉（兵予３期、東大）、石川里子さん（第一高女、月掛）、吉野美子さん（第一高女）、米久保冨美江さん（山脇高女）、金子里子さん（第一高女）。前３列目左より塚田和子さん、斎藤和子さん（第十高女、太陽掛）、宮澤光子さん（第七高女、惑星掛）、８人目は水田（現・田中）いづみさん（第三高女、月掛）。最後列左より３人目は辻篤子さん（第一高女）、５人目は須田さん（第一高女）、９人目は堀内元子さん（第一高女）、右端は高橋清子さん（第一高女）〈星の友会〉

水路部が使用した立教高等女学校の建物。２階が体育館、１階が食堂だった〈立教女学院〉

築地にあった本庁舎の編暦科に配属され、やがて勤務場所は、『主婦の友社分室』（お茶の水駅の近くにあった、出版社の主婦の友社が運営する――和洋裁、料理や生け花などを教えた花嫁教室の校舎を利用した）や井の頭分室と変わりましたが、ずっと『お月さま』の計算にあたりました。

井の頭分室では空襲警報が発令され、防空壕に向かって駆けている途中、頭上をアメリカの戦闘機に低空で飛行され、操縦士の顔まで見えたことが怖かった思い出です」と、月掛の作業を振り返る。

宮澤光子さん――都立第七高等女学校（現・都立小松川高等学校）出身――は、「女学校の理科の先生が、水路部への就職を強くアドヴァイスしてくれました。昭和十九年春に、築地の編暦に入部して、ずっと惑星（水星）の計算にあたりました。『主婦の友社分室』では、大久保愛子さん（忍岡高等女学校〈現・都立忍岡高等学校〉出身）と一緒に第一推算、第二推算で計算を行ないました。

そして井の頭分室――立教高等女学校では階段を上った二階の体育館が作業所でした。防空壕のあった松林（現在は短期大学の校舎が建っている）で〝松ぼっくり〟を拾ったり、学校脇の坂道を、三鷹台の駅まで駆けおりたりして、はしゃいだこともありました。

昭和二十年三月十日の空襲で、いっしょに逃げた、すぐ下の妹を亡くしました。火傷で、泣きながら死んでいった妹を助けることができませんでした。私も顔に火傷を負い、一番下の妹が一生懸命に看病してくれました。悲しくつらい思い出です」と、井の頭分室および空襲で妹の妙(たえ)さんを亡くした、つらい思い出を語る。

この宮澤光子さんの火傷を負った痛々しい姿は、後述するように、いまも立教高等女学校生たちの脳裏に、深く刻まれていた。

宮澤さんは、

「直接、生徒さんたちの指導にあたったわけではないのに、皆さんが覚えていてくれたことに驚いています……」と言う。

多胡信子(たごのぶこ)さん――都立第一高等女学校出身、昭和十七年入部――は、

「六十余年という年月に、記憶も薄れてしまいました。

井の頭分室では、教室で生徒さんたちの『高度方位暦』の計算作業の指導にあたったと思います(後述するように二年B組を担当した)。私のことを生徒さんたちが覚えていてくれたなんて、何か暖かい空気に包まれたようで、夢を見ているようで感激しています」と、記憶をたどってくれた。

浅川キヨ子さん――都立第八高等女学校(現・都立八潮高等学校)出身、昭和十八年に入部――は、

「築地の二階建て新庁舎では、天文図誌の正・副を編さんする作業にあたりました。日没や、

水路部部員・浅川キヨ子さん。第八高女時代の写真〈浅川キヨ子〉

月の出、月の入りの計算を行なったこともあります。

部長の秋吉少将——娘ごころにもステキな方で、憧れました。

そして井の頭分室——木々の緑に囲まれた学校で、環境に恵まれていました。校内の食堂が、私たちの作業所でした。山崎少尉、鈴木技師、関技師、金子技手、堀内（元子）さん、浅岡さん、そして東大出身の竹内中尉などが思い出されます。

課内は数人ずつの班にわかれ、その班が数グループあったと思います。その班長さんのひとりが、立教高等女学校出身の浅岡（済子）さんで、とても親切にしていただきました。ピアノを弾くのが、お上手で、教本を何冊かいただき大切にしていましたが、終戦時に家族が燃してしまい残念です。

私は二年生の教室で生徒さんたちが計算する『高度方位暦』の指導にあたりました（後述するように二年C組を担当した）。

いまでも生徒さんたちの顔は、はっきり覚えています。私たちは先生と呼ばれていましたが、特に級長さんの草場かほるさん……黒板に草葉かほると書いて、皆さんに「先生、間違ってます」と冷やかされました。また、私を慕って花束を持ってきてくれた三浦（光子）さん……。皆さんしっかりしたお嬢さんたちでした。何かニックネームをつけられましたね。『高度方位暦』の計算作業は簡易化してあり、表にあらかじめ、数字が与えられて、記載してあり、付表を使って加減演算で空欄を埋めていく作業でした。皆さんが私の名前を覚えていてくれたことに驚いています。生徒さんたちにお会いしたいですね……」と、受け持ちの生徒たちと作業を回想する。

前述の広瀬（浅岡）済子さん――立教高等女学校出身、大倉商事（戦前の大倉財閥の商社部門）に勤めていた長兄の上司が、当時の水路部第四課課長・秋吉利雄大佐と親しかったことから、その縁で昭和十四年六月に入部した。

「私の家族は全員クリスチャンで、姉の麗子も立教高等女学校で学びました。入学早々から、起立、礼など英語で号令されて戸惑い、驚きました。

ヘイウッド先生、黒川とよ先生の英語、数学の小倉先生、化学の村木先生、物理の大平先生、生物の先生は井の頭公園で課外授業を行なってくれたこと、放課後のソフトボールが楽しかったこと、マレー先生が指導された聖歌隊に入って、礼拝に参列したこと。修学旅行で京都や奈良に行ったこと。中国で戦う兵隊さんに慰問袋を作ったことなど、思い出が多い母校に設けられた井の頭分室に勤務できることが、とても嬉しかったと同時に、もし空襲で校舎が燃えてしまったら、使者役で最初に学校を訪問した、私の責任……？　などと複雑な思いも抱いていました。

私は入部当時から編暦で、航海年表や航空年表（昭和十七年に航海暦、航空暦となる）の編さんの作業を行ないました。常に二、三年先の書誌を作成していました。都立第一高等女学校出身の方が多く、肩身のせまい思いもしましたが、同僚のひとりには、神田末広町の教会（聖公会の神田キリスト教会）の福島牧師のお嬢さん――福島妙子さん（女子聖学院出身）がいました。井の頭分室では、懐かしい校内の食堂が作業場でした。タイガー計算機や書類を扱う作業でしたので、校舎が傷つかないで良かったと思います。

休み時間に女学生たちが芝生に丸く座って談笑する、ほほえましい姿などを見て、自分の女学生時代を振り返ったりしました。

空襲で大火傷を負った宮澤光子さん――とても綺麗な方でしたが、お気の毒でした。ほかに金子（里子）さん、浅川（キヨ子）さん、山崎（真義）中尉、竹内（端夫）中尉などが思い出されます。

通勤途中に吉祥寺でアメリカの飛行機から機銃掃射を受け、慌てて防空壕に駆け込んだことが怖かった思い出です」と回想する。

林薫子（かおるこ）さん――都立第一高等女学校出身、浅草区（現・台東区）駒形に生まれる――女学校の先輩が教師になるため水路部を退職するので、その後任として昭和十七年初夏に入部した。

「まず数字をきれいに書く訓練、女学校の筆記具はエンピツや万年筆でしたが、水路部では

昭和12年頃、立教高女玄関前で。後列左端が水路部に入る浅岡済子さん〈広瀬済子〉

付けペンでした。私は、タイガー計算機やソロバン、計算尺などでずっと『惑星』の計算にあたりました。六十進法なので、ソロバンでは計算が大変でした。真数表や対数表も使用しました。終戦時には、四年先（昭和二十四年）の計算を行なっていました。

第一推算と第二推算で二人の人間が同じ星の計算を行ない、結果を確認しながら、また違う結果がでるとどちらが違うのか、追跡調査を行なう、という手法をとりました。

休み時間はバレーボールやテニスに興じ、戦時下でも女学校の延長のように楽しく仕事をさせてもらいました。

築地の木造二階建て新庁舎（昭和二十年三月十日の空襲で焼失）の、二階の編暦の部屋から見えた、ニセアカシアの白い花と漂ってくる甘い香りが、とても懐かしい思い出です。

水路部第二部部長の秋吉利雄少将（昭和十八年十二月一日から第二部部長、昭和十九年一月十日からは第一部部長も兼務した）は、クリスチャンでとても温和な方でした。私たちにとっては憧れの方で、配属された私たちを技師や技手に紹介するときに、

『良家の子女をあずかっているので、そのように（紳士的に）接して欲しい』との言葉があり、感銘を受けました。

お住まいは世田谷の等々力渓谷の近くで、何回か等々力に招いていただき（水路部・九品仏分室――慰労施設として、九品仏の浄真寺境内にあった。戦後の一時期、空襲で全焼したイギリス聖公会が母体の、香蘭女学校が仮校舎として使用している）慰労会などを、開いていただきました。

きれいな芝生の上で――ご自宅の庭でしょうか、撮影された幼い息子さんたちの写真を、拝見したことも思い出です。

立教高等女学校では、体育館のようなところで計算を行なっていました。

空襲で電車が止まった時には、吉祥寺から井の頭線の線路の上を歩いて、通勤しました。

昭和二十年三月九日、仕事が終わり同僚二人――ひとりは女学校のクラスメイトだった高橋清子さんと、都電を乗り継いで浅草で別れましたが、その夜の大空襲で私の家は焼け、高橋さんは行方不明――悲しい思い出です」と、胸に秘めてきた水路部第二部部長・秋吉利雄少

〔左〕水路部第二部部長を務めた秋吉利雄少将（大佐時代）〈立教女学院〉。〔下〕水路部の築地新庁舎を背にした第二部第五課（海象）の部員たち。２階を編暦、１階を海象が使用した〈寺嶋昌幸〉

将への憧れと、クラスメイトの死を語る。

山崎真義さん――都立工芸学校を昭和十四年に卒業後、技手として水路部に入部する。勤務をしながら東京物理学校（現・東京理科大学）に通学して、卒業後に海軍兵科第三期予備学生に採用され、少尉として任官した。昭和十八年二月の北海道で見られた皆既日食には、秋吉少将が指揮した観測隊に加わり観測に成功する。

「第二部部長の秋吉少将は、すべてにおいて素晴らしい方だった。コンピュータの無かった時代、空襲で被災してデータを一度に失う恐れがあるので、各疎開先や分室では同じ作業を行なっていた……と思う。

地球から見る天体の位置は三角関数を用いた球面方程式を解かねばならず、天測表は小数点以下六桁までないと正確な位置を得られない。計算尺は小数点以下三桁までが信頼できる数値で、継続推算データはタイガー計算機を使わざるを得なかった。

私は、井の頭分室の雑用係であり、実質的なチーフリーダーだったが、計算作業はベテランの女性陣がいたので、テキパキと作業をすすめてくれた。立教高等女学校では調理場を廃した食堂に机を並べて、作業を行なった」と、リーダー役として井の頭分室を振り返ってくれた。

宮澤光子さんは、「階段を上った二階の体育館で作業をした」、林薫子さんは、「体育館のようなところで作業をした」、広瀬（浅岡）済子さん、浅川キヨ子さんは、「食堂で作業をした」さらに山崎真義さんは、「調理場を廃した食堂に机を並べて作業をした」――これが水路部井の頭分室のあった建物である。

これは昭和十一年に建てられた、一階が半地下の食堂で二階がロッカーやシャワールームもあった体育館の建物であり、前述のように鹿間いづみさんや武満浅香さんの回想にも登場する、卒業生たちには思い出が深い建物である。二〇〇〇年（平成十二年）に、小学校・中学校の校舎の建て替えにともない壊されている。

立教高女二年生の思い出

「高度方位暦」の計算に動員された女学校各校の中で、最も年少の学徒であり、昭和十八年四月に立教高等女学院に入学した二学年の在校生たち――。ひとりひとりの思い出は、ひとつひとつ重なり、星の位置の計算、水路部部員たちへの思い出へと、みごとに繋がっていく。

二年C組の酒見（旧姓・山住）綾子さんは、兵庫県立第一神戸高等女学校（現・県立神戸高等学校）より転入して、昭和十九年一月（一学年の三学期）から十二月（二学年の二学期）まで立教高等女学校に在籍していた。

酒見さんは、

「あの計算は、いったいなんだったのでしょう？　星の位置から何かの計算をして、航路を決定する資料を作っていたのでしょうか？

　私たちは教室で、タテヨコにきっちりと並べた机に着席する。まず、一番前列に用紙が配られて、そこにある数字に、教えられた計算――計算尺を使ったかどうかの記憶はありませんが、加減か簡単な掛け算、割り算ぐらいをして数字を書きこみ、後ろの席の人に送っていく……。最後列に届いた数字は、今度は横並びで検算される。それの繰り返しでした。計算は簡単でしたが、集中力のいる作業で、よくミスもありました、遊びたい盛りの娘たちに仕事をさせるのは、苦労の多いことだったでしょうね」と、十三歳から十四歳のころの思い出を語る。

　同じく二年C組の小林良子（こばやしりょうこ）さんは、

「非常食として、炒った大豆を入れたお手玉を持って学校に行き、そのお手玉で遊んだ日々でした。

　水路部の作業がはじまるころ、水路部の士官――山崎少尉と記憶するのですが――から、『この計算の目的は、潜水艦の航路計算――潜水艦が夜間に浮上して六分儀を使い天測、星座表と合わせて現在位置を確認してから潜水する。

　非常に大切な仕事であるから、心して計算して欲しい。ついては活字を組んで印刷する時間がない。直接、この計算表がまとめられて艦の役にたつ。全員の数字を活字と同じようにする。三日間でマスターしてほしい』という話がありました。

体を動かしたい女学生にとって、この三日間は、まさに苦痛そのものでした。二ミリ方眼紙のマス目、三分の二の大きさに、付けペンで息をつめて細かい字を書く練習をしました。私はソロバンで、小数点以下二桁か三桁までの計算をして、表に記入していきました。その表に記入してあった〝北極星〟の名前をおぼえています。そしてスラバヤやパレンバンなどの地名があり、戦時下でしたが見知らぬ南の国に思いをはせ、夢を抱くことができました」と、「高度方位暦」が艦船用としても用いられていたことを記憶する。

同じく二年C組の山本敦子さんは、

「戦時下でしたが学校に行くことは、勤労動員の作業でさえ、楽しい毎日でした。簡単な計算を行ない、数値を表に記入していました。その表には、私の知らない南の島の地名や、お星さまの名前が記されてありました。

私は計算が得意なこともあったのでしょうか、ある時期から、水路部の人に指導されて、ただひとりタイガー計算機を使って計算作業を行ないました」と回想する。

計算力に優れた山本さんに目を留めて、タイガー計算機の扱いを教えたのは、山崎真義少尉だったと言われている。

三輪田高等女学校（現在の三輪田学園中学・高等学校）から転校してきた、おなじ二年C組の内田（柏）恂子さんは、

「水路部への勤労動員では、筆記で計算作業をしました。『極秘の仕事なので、口外してはイケナイ』と言われていました。表には、多くの星の名前が記入されていました。お星さまの計算をして、何にするんだろう……？　と思いましたが、ひたすらひたすら計算に励みました」と語る。

つづいて二年B組の鈴木邦子さんは、

「動員中は、よく空襲警報が発令されました。

水路部の作業は、計算尺を使って簡単な加減演算――数字を記入する表には、鳥島など島の名前が記してありました。

隣のクラス（C組）の山本敦子さんはとても優秀な方で、水路部の計算式か何かが間違っていることを見つけて、水路部の方から感謝されて、大変に誉められたことがありました」

と、回想する。

さらにB組の前嶋（田瀬）敦子さんは、

「昭和二十年五月二十五日の空襲で、住んでいた中野の家が全焼してしまい、父もケガをして、両親は疎開を余儀なくされました。私と立教高等女学校付属初等学校の妹（睦子）は学校内の寄宿舎に入れてもらいました。部屋には、当時としては珍しいベッドがあり、同じクラスの東浦令子さんと一緒でした。

校内で作ったサツマイモも食べましたが、物資のないときでしたのに、決して粗末ではな

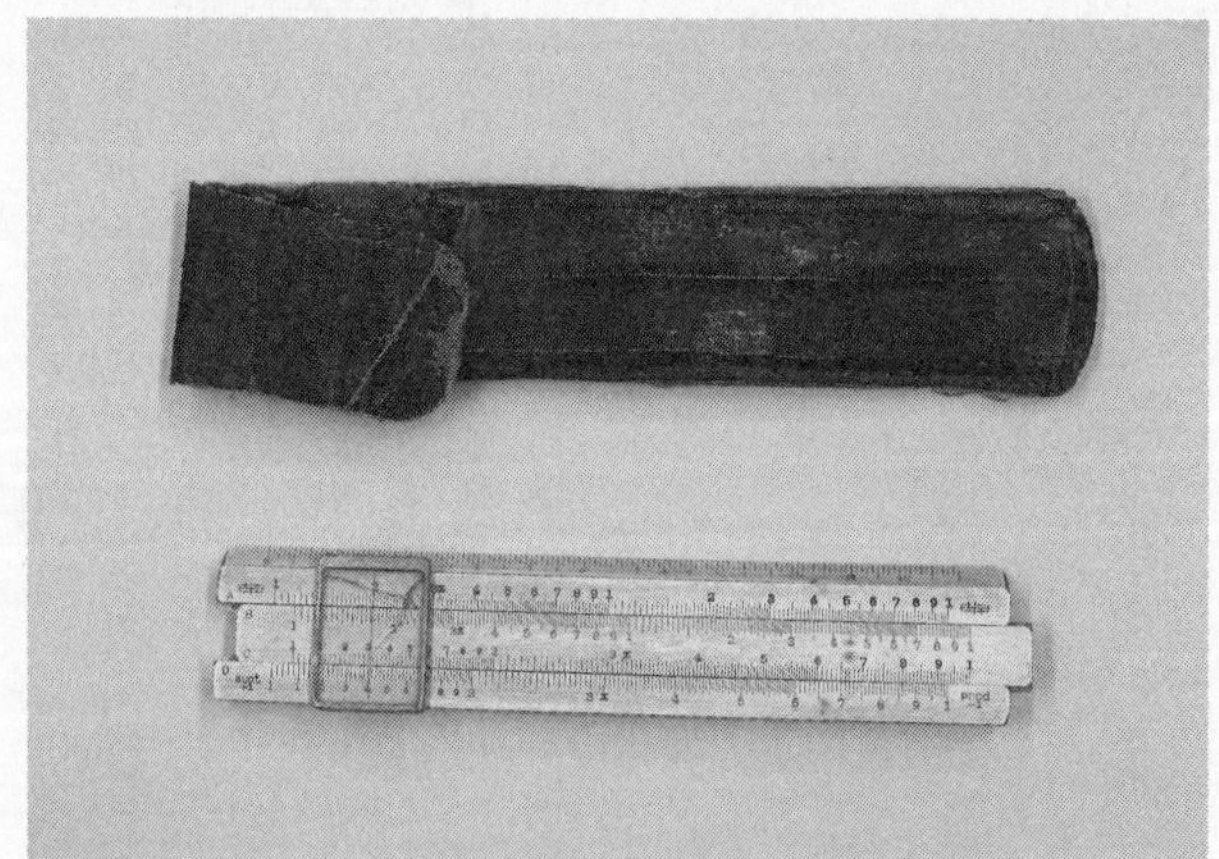

女学生たちが「高度方位暦」の計算に使った計算尺。鈴木邦子さんが大切に保管していたもの。ケースは傷んでいるが、本体はきれいなままである〈鈴木邦子〉

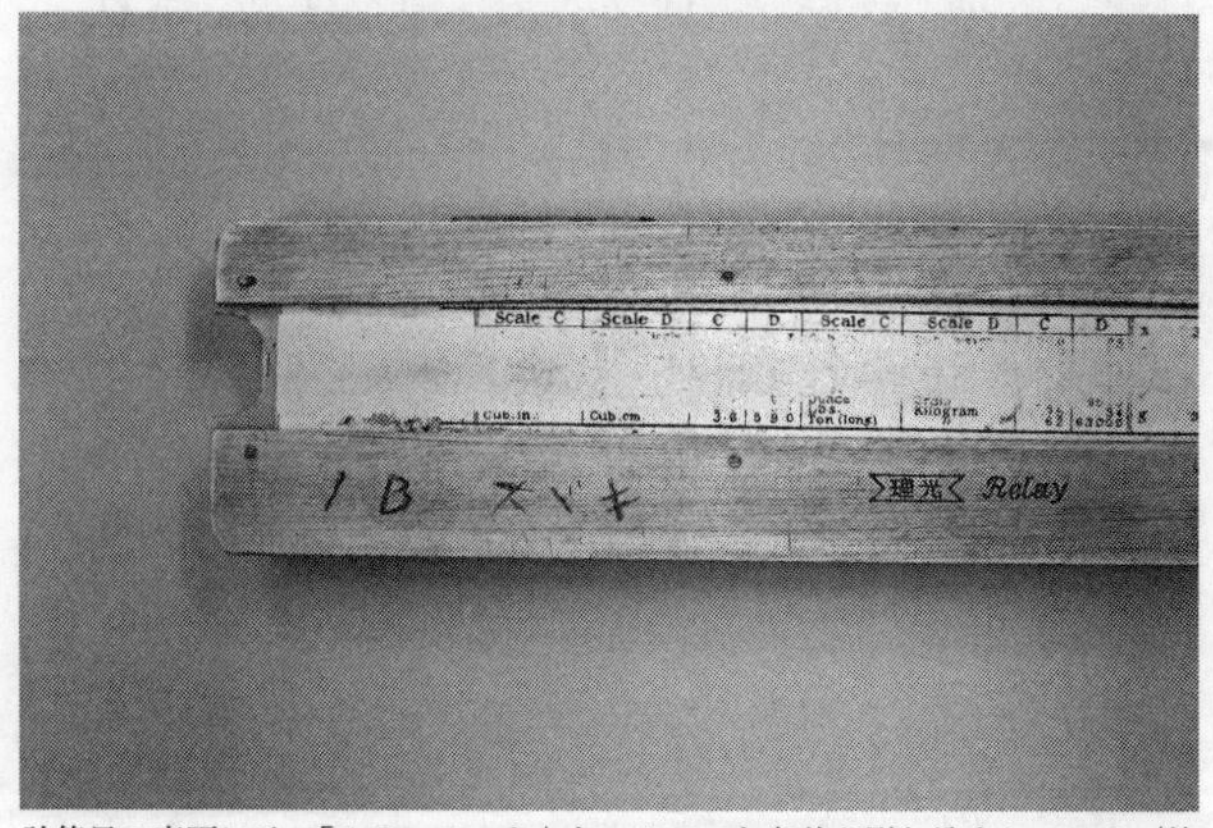

計算尺の裏面には、「1Ｂ　スヾキ」と、クラスと名前が彫り込まれている〈鈴木邦子〉

い食事をいただきました。

家が燃えたことがショックで、記憶も定かではありませんが、水路部の計算作業は筆記で、簡単な加減演算をして表に記入していました。その表には地名や、お星さまの名前が記されていたように思います。

休み時間などには黒川とよ先生の周りに集まって、良く聖書のお話などをしていただきました。信仰心の厚い、素晴らしい先生だと感動しました」と、寄宿舎での生活や黒川とよ先生の思い出を語ってくれる。

同じB組の三宅（門脇）百合子さんは、

「私は、成蹊の初等学校から、粟飯原(あいばら)美都子(みつこ)さんと一緒に入学しました。担任は原政子先生（体育）次いで原沢敏子先生（国語）で、勤労動員がはじまった頃は岡崎嘉代先生（生物）だったと記憶します。

動員開始のころは、一時限だけ授業があり二時限目からは水路部の作業――ある地点を基準にした星の高度と方位の計算でした。何年か先の計算を行なっていました。

父島、母島、喜界島、トラック島、那覇、硫黄島、南鳥島、マリアナの島々……などの地点名がありました。

星はアルタイル（彦星）、ベガ（織姫星）、北極星などが、表に記載されていたことを覚えています。

あらかじめ用意された表には数字が記入されており、附表の挿入表を使って十分か二十分単位の、その間を埋めていく計算作業でした。

その後は、ポイントポイントの検査計算も行ないました。すべて筆記での作業でした。はじめの頃は活字を組んで、印刷をしていたそうですが、間に合わなくなって、数字を活字のように書く訓練をして、手書き原稿を写真製版する……と、言われました。

食料不足のために栄養失調で苦しみました。クラス内は分隊で分けられ作業の効率化と達成率などで競いました」と、「高度方位暦」の特徴を完ぺきに記憶する。

そして二年A組の馬場（藤井）節子さんは、

「一年A組の時の担任は番場静恵先生、二年A組では板谷令子先生だったと思います。戦時下でしたが、学校に行けることが楽しかった日々でした。

放課後に教室で、黒川とよ先生の聖書のお話を聞いたことも思い出です。軍事教練だったのでしょうか、ナギナタの練習もありました。

二年生の秋ぐらいからでしょうか、私たちもお国のためと、校内で水路部への勤労動員がはじまりました。

まず担任の先生が出欠をとり、水路部の女性と入れ代わります。計算尺の使い方は授業で習っていましたが、作業は水路部の女性に指導と監督を受けました。

数字を活字のようにキレイに書く練習からはじまり、計算尺を使って加減演算（簡単な乗

昭和18年に入学した1年A組。同年6月撮影〈立教女学院〉

〔上：1年A組〕前列左から8人目は遠藤京子さん。2列目左端が番場静恵先生、6人目が小宮多恵子さん。3列目左から2人目は藤井節子さん、右から2人目が粟飯原美都子さん
〔左上：1年B組〕前列右端が田瀬敦子さん、右から4人目が門脇百合子さん。2列目右から2人目が鈴木邦子さん。3列目右端が原政子先生、10人目が東浦令子さん
〔左下：1年C組〕前列右端が上原シゲ子さん、右から4人目が鵜養愛子さん、8人目が山本敦子さん、12人目が桂泰子さん。2列目右端から松本尚子さん、原田慶子さん。3列目右端から花房恵美子先生、桑原佐知子さん、石川栄子さん、2人おいて服部昌子さん、3人おいて佐藤道子さん、小林良子さん、三浦光子さん、1人おいて中村洋子さん、草場かほるさん

ナギナタの教練。背景は、のちに水路部が使用した体育館・食堂の建物〈立教女学院〉

昭和18年に入学した１年Ｂ組。同年６月撮影〈立教女学院〉

昭和18年に入学した１年Ｃ組。同年６月撮影〈立教女学院〉

除計算があったかもしれません）での星の位置の計算でした。

私が記憶しているのは、インドネシアの島々を基点とした、二十四時間の星の位置計算――ボルネオ、セレベスやスマトラという島の名を覚えています。

配られた用紙に計算値を記入して、後ろの席の人に送っていく。最後列に届いた表は、検算される……。この繰り返しでした。

水路部の方に〝秘マーク〟の付いた赤い表紙の本を見せられて、『極秘の仕事です』と言われたことがあります。

私たちは報国隊の腕章をつけ、自作した白い〝錨〟のマークを左の袖に縫いつけて、海軍への動員を示していました。

計算する地点が、知らない遠くの地点から、私でも知っている日本に近い地点に近づいてくるのを見ながら、子供ごころに『なぜ？』と思ったことがありました。いま思えば日本軍の敗退で戦場が日本本土に近づいてきていたのですね」と、インドネシアの地点を基点とした、星の位置の計算を記憶する。

前述した、同じ二年A組の斎藤（遠藤）京子さんは、

「報国隊の腕章は、父が作ってくれました。水路部の女性指導官に、まず数字をキレイに書く練習をさせられ、その結果でクラス内がソロバンのグループ、計算尺のグループ、カラス口（製図用の特殊なペンで、ペン先がカラスのクチバシに似ていることからカラス口と呼ばれた）

疎開前に藤井節子さんがクラスメイトと写した一葉。左から鈴木敦子さん、藤井節子さん、堀ななせさん、林原若菜さん〈馬場節子〉

で数字を清書するグループに分類されたと記憶しています。

暗算やソロバンで計算して、数字を表に記入して後ろの席の人に送る。私はその表に、お星さま――木星や（さそり座の）アンタレスと記されていたことを、不思議に覚えています。

計算する節目――一列に並んだ席の、何人目かに複数の検算ポイントがあり、水路部の長い計算尺を持ったクラスメイトが検算をしたと、記憶しています。そして集められた表は、教室内で字のキレイな人がカラス口で清書をしていました」と、クラス内の作業分担と天体の名前を回想する。

そして、A組の清書グループを語るのは、末安（小宮）多恵子さんである。

「私は字がキレイだったのか、クラスメイトが計算した数字を、ひたすら水路部の表に清書していました。

この数字がどのように使われるのか？　と思ったりしましたが……。水路部の表の欄に、ベガ（織姫星）と記されていたことを、不思議にいまも覚えています」と語ってくれた。

このように、立教高等女学校の二年生が計算にあたっていたのは、ある地点を基点とする二十四時間の星の位置計算――「高度方位暦」であり、三角関数を使わない、金子秀技手が考案した、簡易化された計算手法がもちいられていたことがわかる。

また〝錨〟のマークを袖に縫い付けて、海軍への動員を示していたのは、都立第二高等女学校専攻科生たちも、同じように回想している。

東大出のロマンチックな海軍士官

そして水路部の士官について――。

酒見綾子さんは、

「監督官として、若い海軍の軍人も来ておられました。上着丈の短い制服がカッコイイと、陸軍より海軍に娘たちの人気はありました。

その人はニコリともせず、教室の隅に立っていました。兄と歩いても、とがめられた時代で、私たちは無遠慮な視線を送る……。その視線を感じないかのように立っているのも難儀だったでしょうね。その人は、ひと言も挨拶すら交わさなかったのが、面白く思い出されます」と、回想する。

山本敦子さんは、「山崎（真義）少尉と、タケウチさんと記憶する東大の大学院生？——戦後に東大の教授になられて、自然科学の論文集の中に、その方のお名前を見出したのですが、失念してしまいました」という。

さらに斎藤京子さんは、「疎開する人が増えて、在校生が少なくなったころと思います。二階の教室に集まった私たちに、水路部の士官——タケウチさんと記憶するのですが、『単に仕事をしてもらっているだけでは申し訳ない』と、星の神話伝説をまじえながら、『目標となる星座の中の、ひとつの星、みなさんが見ている星と、離れた場所で、その星を見ている人がいる……。けれど、その星は同じ星……』

女学生にとっては、とてもロマンチックな話をしてもらい、感激しました。その方は、戦後に東大の教授になったと聞いたのですが」と、ロマンあふれる話をしてくれた士官の思い出をたどってくれた。

山本敦子さんや斎藤京子さんが〝タケウチ〟と記憶する士官を明らかにしてくれるのは、三宅百合子さんである。

三宅百合子さんは、

「水路部の士官――はじめは山崎（真義）少尉でしたが昭和二十年四月ごろに東大理学部出身の竹内端夫（たけのうちただお）中尉に代わりました。竹内中尉の弟さんの端美さんとは、成蹊の初等学校で一緒に学び、家に遊びに行ったこともあります。お父さんは有名な数学者――竹内端三博士でした」

竹内端夫さんは、天体力学を専門とした。

昭和十九年　九月　東京帝国大学（東京大学）理学部天文学科を卒業

昭和二十年　十月　海軍の浜名海兵団に入団。海軍最後となった技術士官第三十四期出身

昭和二十一年　二月～九月　海軍省水路部編暦科勤務、技術中尉

昭和二十三年九月～昭和四十六年八月　東京帝国大学理学部助手

昭和三十三年　東京大学助教授　東京大学東京天文台技官

（昭和四十五年十月三十日　チェコの天文学者――コホーテク彗星の発見でも有名なルボシュ・コホーテクは発見した小惑星に *takenouchi* と命名）

昭和四十六年　宇宙開発事業団（ＮＡＳＤＡ）参事
昭和五十二年二月　日本初の静止衛星となった（ＥＴＳ－Ⅱ、きく2号）のプロジェクトチームに所属して、打ち上げに成功する。
昭和五十七年　宇宙科学研究所（ＩＳＡＳ）教授
昭和六十一年　定年退職
平成十五年十月　病没（八十一歳）

（平成十五年十月にＩＳＡＳ〈宇宙科学研究所〉、ＮＡＬ〈航空宇宙技術研究所〉、ＮＡＳＤＡ〈宇宙開発事業団〉は合併して、ＪＡＸＡ〈宇宙航空研究開発機構〉が誕生している）

いま竹内教授の天文にかけた夢は、ＪＡＸＡの小惑星イトカワと地球を、苦難の末に往復した小惑星探査機「はやぶさ」や二〇一四年の打ち上げを目ざす「はやぶさ2」、月面をハイビジョン中継した月周回衛星「かぐや」、金星を目指して太陽光のエネルギーを受けて飛翔する宇宙ヨット「イカロス」などの開発に受け継がれている。

東京天文台技官・竹内端夫さん〈国立天文台天文情報センター〉

思い出深い女性部員

さらに水路部の女性部員についても、女学生たちの思い出は尽きない。

馬場節子さんは、

「水路部の女性では、色の白い、私たち女学生から見ても、とても美しいかた……」を記憶するという。

斎藤京子さんは、

「水路部の記憶に残る女性は、クラスで教壇の脇に座って、親切に指導にあたってくれた——私は、実の姉のように慕って、サインをいただいた堀内元子さん。直接に指導は受けませんでしたが、色の白い、もの静かな美しいひと……空襲で顔の半分を火傷してホウタイを巻いてこられたことが痛々しく、戦争がより身近になりました」と、回想する。

堀内元子さんは第一高等女学校の出身、斎藤さんの保存してきたサイン帳には、堀内さんのサインが残されている。

また、「火傷を負った色の白い、美しい女性」、これが前述の宮澤光子さんであった。

酒見綾子さんは、

「飽きっぽい娘たちが、ざわめいたりすると、後ろに座っている水路部の監督のお姉さん——私たちは、ひそかに、その人のことを『ミス・ヒス・パンコ』とあだ名をつけて呼んでいたが、金切り声でパンパンと叱責する。

『いま日本の兵隊さんたちは、遠くお国をはなれて、私たちのために戦って下さっているのですよ！　あなた達の計算が間違うと、その兵隊さんたちは航路に迷って、もう日本に帰ってこられなくなってしまいます！ずっと、ずっと先まで役立つ重要な計算です』と、何度もいわれました」と、ニックネームをつけた水路部の女性を語る。

小林良子さんは、ニックネームの女性について、

「指導を受けた水路部の女性は、耳のところで髪をカールしていた、ニックネームをつけた、アサカワキヨコさん（前出の浅川キヨ子さん）と記憶しています」と、明らかにする。

斎藤さん
もうすぐお別れですね
あと御一緒にゐますのも一週間足らず
です。
別れると云ひましても同じ校内にゐる
のですからお遊びにいらっしゃいね.
[illegible]場　春になったら運動場で又
遊びませうね.
お体をお大切に
堀内元子

堀内元子さんが残したサイン〈斎藤京子〉

そして、各クラスを指導した女性部員を明らかにしてくれたのは、先に「高度方位暦」作成作業の詳細を語ってくれたB組の三宅百合子さんである。

三宅百合子さんは、

「水路部の女性指導員――私たちは

先生と呼んでいましたが、B組はタコさんでした。とても優しい温厚な方で、机の間をまわりながら、親切に指導してくれました（これが前出の多胡信子さん）。A組の指導員は堀内（元子）さん、C組は浅川（キヨ子）さんだったと思います」と、記憶をたどってくれた。

空襲下の〝家族ごっこ〟

昭和十九年十一月二十四日――マリアナを出撃した米陸軍第七十三爆撃航空団のB－29八十八機は、伊豆半島から北上して富士山付近で東にコースを変えた。編隊は、はじめて体験する秒速六十メートル以上という西風の強風帯（ジェット気流）に流されながら、白昼の東京上空九千メートルに侵入した。

爆撃目標は、立教高等女学校とは数キロも離れていない中島飛行機武蔵製作所で、本格的な東京空襲の幕あけであった。

十一月二十七日には、同じく六十二機が武蔵製作所付近の天候に災いされて、渋谷方面に爆弾を投下した。

十一月二十九日深夜には、神田や芝、浜松町方面にレーダーによる夜間爆撃――。

そして、十二月三日の白昼には七十五機が、再び中島飛行機武蔵製作所を襲った。中島飛行機を狙った爆弾は、荻窪駅周辺にも落ちて交通機関が不通となった。

　空襲下の生活を酒見綾子さんは、

「計算の作業中に空襲警報が鳴るようになった。防空頭巾を被り、校内の防空壕に避難する。近辺に被害がでないころには、壕の中で即興のセリフだけの〝お慶一家〟という家族ごっこ——私は嫁で舅や姑、隣の家族、愛犬まで登場する、新しい遊びを生み出して、つかの間の休息時間を楽しみました。

　何度目かの空襲（注・おそらく十二月三日であろう）で、とうとう交通機関がとまり、電車通学の人は帰れない……。

　学校近くの徒歩圏内にあった私の家に、何人かのクラスメイト（原田慶子さん、上原シゲ子さん、中村洋子（ひろこ）さんの三名だった）が泊まることになった。娘たちにとっては、戦争より枕を並べて寝ること自体がワクワクすることで、夜っぴいてしゃべり続けていました。

　当時の女学生たちは、日本は負けることはないと、信じていましたから毎日、楽しみを工夫して嬉嬉とし

富士山を目標にして東京爆撃に向かうB-29の編隊〈USAF〉

て暮らしていました」と、思い出を綴る。

十二月二十七日昼すぎ、B－29五十二機は中島飛行機武蔵製作所を爆撃――。

別れのサインブック

十二月末、酒見さん一家は空襲の激しくなった東京を離れ、奈良へと疎開していく。

酒見綾子さんは、

「立教高等女学校での担任は、大谷てる先生（国語）でした。お別れの時のサインブックが流行しており、今も大切に持っています。読み返すと、当時の情景がよみがえります。ニックネームや名前だけの人……。

家族ごっこで、私の夫役であった原田慶子さんは（注・〝お慶一家〟の家長役）、『余は悲しいぞよ、奥の疎開ぢゃ。向ふへ行ったら、くれぐれも体を大切にして、おけい一家を思ひ出しておくれ、忘れたらだめよ』と書いてくれました」

酒見さんのサインブックには、ほかにもつぎのようなことばが並んでいる。

「私の大好きな大好きなお母チャヤマ　お母チャヤマはお父チャヤマや坊やを置いて、遠い處へ行ってしまふのね。お帰りを待ってゐますね。

　本当に比の間の夜の（注・十二月三日のことであろう）楽しかった事を忘れないで……おふとんの間からお手テを出して固く固くあのお約束をしましたっけ。そしていつまでもいつまでも、二人だけでおきて居ましたね。

　何時も何時もお元気で……

　おけい一家の一人息子　坊やより」（上原シゲ子さん）

「主婦が疎開したら、おとうさんが泣くぢゃあないの。つまんないなあ──。
　オケイ一家の家族の一人　ワン公より」（山本敦子さん）

「貴女がいらっしゃらなくなると明朗活潑な笑ひの高い、二Cも一つの淋しさを感ずる様な気が致します　佐知子」（桑原佐知子さん）

「おりがあったら、きっときっとこのクリーム色の校舎を尋ねていらっしゃいね。奈良へいらしても、この立教二Cの組を忘れないでね　泰子」（桂泰子さん）

「貴女が疎開なさるとは夢にも思はぬ事でした。おけい一家の主婦が疎開するなんて、少し

酒見（旧姓・山住）綾子さんのサインブック

余は悲しいぞよ。奥の疎開ぢゃ
主人と子供と年寄りを置きざりにして
疎開とは世の中も、変ったのう。
向ふへ行ったら、くれぐれも体を大切に
して、おけい一家を思ひ出しておくれ、忘れ
たらだめよ。余は年寄りの世話をして我
等の愛児を大丈夫に育てて見せるぞよ
一家は圓満に暮すから、安心しておくれ。
期会があったら又一緒に暮さうぞ
ではさらば、　そちの主人より。

原田慶子さん筆

綾子様
貴女が疎開なさるとは夢にも思はなかった。
おけい一家の主婦が疎開するなんて少し変ね。
可愛い坊ちゃんを残していらっしゃるなんてなんて
非ドイく お母サマでせう。又必ず帰って来てね、本
当にね。アノ方は大丈夫よ。私が貴女のおかへりになるま
でちゃんと守ってゐますから、でも残念でせう。おこら
ないでね。ではくれぐれもお体にキオツケテネ　サヨナラ
綾子チャンへ
道子より

佐藤道子さん筆

私の大好きな〱　お母チャマ
お母チャマはお父チャマや坊やを置いて遠い處へ
行ってしまふのね。でも仕方がありません。坊やは
お父チャマが側に居て下さるから、大人しくお母チャマ
のお歸りを待ってゐますね。坊やの事を何時までも
何時までも忘れないでね。
本当に此の間の夜の樂しかった事を忘れないで
……今考へると、あの晩でしたね、お母チャマの疎開
のお話をして居たのね。そして、おふとんの中から
お手テを出して固く〱あのお約束をしまし
たっけ。そしていつまでも〱二人だけでおきて
居ましたね。
では、あちら〱いらっしゃったら、無理をしないで下さ
いよ。そして何時も〱お元氣で……
お慶一家の一人息子
坊やより
お母チャマへ

上原シゲ子さん筆

熊ベー疎開!!
つまんないよ〜〜
疎開なんて――なんでぬ.
疎開なんかするの弱虫よ.
主婦が疎開――ならおとうさんが
泣くぢゃあないの.
つまんないなあ――
オケイ一家の家族の一人 ワン公より
敦子より
オカーチヤンに捧ぐ

山本敦子さん筆

綾子様
貴女が疎開なさるとの事を御聞きし今更お別れするのは
何となく名残り惜しく思ひました。
此の学校に轉校していらっしゃって以来の一年間の思ひ出が次
から次へと頭に浮かびます
貴女がいらっしゃらなくなると明朗活潑な笑ひの高い二Cも
一つ淋しさを感ずる様な気が致します
ぱっちりとした眼、かはいらしい口もと、真赤なほゝ
目の前に貴女の御顔が見える様です
何時までも御健かに幸福な日を御過しに
なる事を御祈り致します
佐知子より

桑原佐知子さん筆

綾子様、
私と貴女と始めてお合ひしたのは、
一月の末私が長い病の床をはなれて
此の学び舎に来た日、広い一Cの教室
で一人で居た時ブルーのオーバーを着て
入っていらしつたわね、一年に
も足りない今、又お別れなんて あんま
り早過ぎてよ。でも私も何時かは
立教をはなれなければなりません。
きっと誰かを通してお便りするわ。
お宮のハトポッポを見て泣き虫だった私を思
ひ出してね……
では御身体御大切に
御機嫌よう!!
佐様奈良、
昌子
おなつりの小母様へ
昭和十九年十二月十一日。

服部昌子さん筆

綾子さま。
去年の冬は貴女をお迎へした喜びに
溢れてゐたが今は、一年足らずで
又、お別の悲しみ……実に夢の様な
氣が致します。
何時までも此の學び舎、二Cの
級友をお忘れにならないで下さいませね。
聖戦勝つて、又、お會ひする日まで
御身の御守の中に過して参りませう。
其の日の一日も早からん事と祈りつゝ。
十二月二十六日。
二C教室にて。
鵜養愛子

鵜養愛子さん筆

でも仕方ありません。運命とあきらめませう。
綾子様、紺青の大空に冷く澄んだ月を御覧になつ
たら、同じ月を眺めて感概にふけつてゐる二Cの友の
事も時にはお思ひ出し下さいませね。
私は心より、綾子様の上に幸あらん事をお祈
り致します。
では御健みで
石川榮子
若き日のわが思ひ出は清らけき
銀の小箱に秘めて置かまし

石川栄子さん筆

綾子ちゃん
貴女が疎開なさると聞いた時本當にびっくりして、
しばらくはどうしても本當と思へなかったわ……
だってオケー一家の大事な大事なお母様ですもの
貴女の無いオケー一家はどんなに淋しくなること
でせう。
貴女が新入生としてこの立教にいらっしゃった時は
講堂のお當番でいっしよだったわね。あの時の
貴女と今の貴女はちっとも変っていない様に
思ふわ。"綾子ちゃん"と呼ぶとすぐ、
丸々とふとった貴女、
ぱっちりした眼の貴女、
可愛い口もとの貴女
が眼の前に浮かんで来るの。その貴女が疎開な
さるなんて……つまらないわ。
でも又おりがあったらきっと〳〵このクリーム色
の校舎を尋ねていらっしゃいね。奈良へいらしても
この立教、この級を忘れないでね。
最後に貴女の御幸福をおりしつ、……
綾子ちゃん江
泰子より

桂泰子さん筆

変ね。可愛い、坊ちゃんを残していらっしゃるなんて、なんて非ドイ非ドイお母さマでせう。又、必ず帰って来てね。本当にね。

綾子チャンへ　　道子より」（佐藤道子さん）

「何時までも、何時までも何時までも、比の学び舎、二Cの級をお忘れになら無いで下さいませね。聖戦勝って、又お會ひする日まで、神の御守の中に、過して参りませう。其の日の一日も早からん事を祈りつつ」（鵜養(うかい)愛子(あいこ)さん）

「綾子様　紺青の大空に冷たく澄んだ月をご覧になったら、同じ月を眺めて、感激にふけってゐる二Cの友の事も、たまにはお思い出して下さいませね。

　若き日のわが思ひ出は清らけき　銀の小箱に秘めて置かまし」（石川栄子さん）

「お別れなんて、あんまり早や過ぎてよ。お宮のハトポッポを見て、泣き虫だった私を思ひ出してね……。では御身体御大切に、御機嫌よう‼　昌子」（服部昌子さん）

「疎開先で父が病死して東京に帰ることなく、クラスメイトたちとも会えずに来てしまいました。みなさん、どうしているのでしょう……」と、酒見さんはサインブックとクラスメイトたちとの、遠い思い出を語る。

酒見綾子さんが、六十五年前のサインブックを持って、同期会でクラスメイトたちと再会し、クリーム色の校舎を訪ねるのは二〇一〇年（平成二十二年）十月八日〜九日のことであった。

今夜は、空襲がありませんように……

昭和二十年も未明の空襲から年が明けた。一月八日の「讀賣報知新聞」は、〃人形お伴に、いざB29邀撃へ〃と、立教高等女学校生の慰問袋にあった手作りの人形を飛行服に付けてポーズをとる陸軍飛行第二百四十四戦隊（調布飛行場に配置されていた）隊員の写真を紙面に掲載した。

昭和二十年三月十日未明、B‐29約三百機による東京大空襲――。築地の水路部も被災して編暦と海象が使っていた新庁舎や印刷施設が焼失した。

四月一日、米軍は沖縄本島に上陸を開始する。

四月十二日白昼、B‐29約百機は中島飛行機武蔵製作所を爆撃、武蔵製作所は操業不能となった。

立教高等女学校生の手作り人形を身に付けた陸軍飛行第二四四戦隊の戦闘機パイロット〈雑誌「丸」〉

四月十九日、硫黄島を出撃した第七戦闘コマンドのP－51戦闘機二十機は、午前十時ごろから都内各所に侵入した。数機は厚木飛行場上空で海軍戦闘機隊と交戦、三機は調布飛行場を銃撃、陸軍飛行第二百四十四戦隊の三式戦闘機など三機を炎上させる。

一機は気まぐれのように降下して、聖マーガレット礼拝堂に機銃掃射を加えた。礼拝堂正面扉の外壁に弾痕が残り、割れた窓ガラスが散乱したという。

この日、学校の南東わずか一・五キロ、久我山の、陸軍の地上レーダーを製作する岩崎通信機も機銃掃射を受けて、女子挺身隊員や社員に死傷者がでている。

在校生たちも、この機銃掃射を鮮明に記憶している。

五月二十五日の空襲で住まいが焼かれて、松本に疎開することになる山本敦子さんは、

「ある日、空襲警報が発令され、防空壕に走っているとき、私たちは目標にされませんでしたが、機銃掃射を受けたことが、怖かった……」と回想する。

内田恂子さんは、

「バリバリバリ……という、凄い音で機銃掃射を受けたことが怖かった。あとで校舎のどこかのガラスが割れたと聞きました」と語る。

疎開をせずに水路部の作業を続けた三宅百合子さんは、

「機銃掃射を受けたことが、とても怖かった思い出です。疎開する人が増えて、終戦近くには在校生も少なくなり、残業が多くなった」と振り返る。

五月二十四日未明、B-29五百二十五機は、焼夷弾で都心を猛爆撃。

五月二十五日深夜、B-29四百七十機は、焼夷弾で都心を猛爆撃。東京都心はほぼ焼失した。

名目だけの「専攻科」に進み、勤労動員に明け暮れていた武満浅香さんは、

「空襲で井の頭線が止まった時は、西荻窪まで歩いて省線に乗った。線路の両側が焼けて何もなくなっていて、びっくり。井の頭線が止まって、世田谷代田の家まで歩いて帰ったこともあった。栄養失調で、途中の家々の外壁にすがるようにして、やっとの思いで歩いた。五月二十五日の空襲では、自宅の四、五軒先まで焼けてしまった。

夜寝る前にはお祈り――『今夜は、空襲がありませんように……』って。

戦時中は、『寝たい』『食べたい』ばっかり。夜、空襲警報が出ても、眠たいのが先で、次第に防空壕に入らなくなった。

昭和20年3月に立教高女を卒業後も引き続き勤労動員を行なう専攻科生たち。左方で立って作業を見守っているのは、家庭科の岡部登美子先生〈立教女学院〉

戦時中は、夢もなかった、自由もなかった。でも、『きっといつか、いい日が来る。こんなはずはない、いまは仮の姿』と思っていた。そんなことを当時、日記に書いたのを憶えている」と、激しい空襲下の日々を振り返っている。

三年生に進級していた斎藤京子さんは、「疎開する人が増えていきました。次第に空襲が激しくなり、校門のところで、クラスメイトと『明日は会えないかも知れないものね――』と、別れを惜しみました。

〝死ぬことなんて、平気だ〟と、思っていたようです」と、戦時下の女学生たちの覚悟を話してくれる。

井の頭分室の終戦

六月二十三日、沖縄本島の地上戦は終わる。ひめゆり、白梅、瑞泉学徒隊などを含む県民に、多くの戦没者。
八月六日、広島に原子爆弾が投下される。
八月九日、長崎に原子爆弾が投下される。
そして八月十五日――太平洋の戦いは終わった。

水路部第二部部長の秋吉利雄少将は、岡山県笠岡の笠岡高等女学校（現・県立笠岡高等学校）に疎開していた水路部第二分室で終戦を迎える。林薫子さんも、転勤先の笠岡で終戦を迎えた。

井の頭分室も混乱の中で終戦を迎えた。

山崎真義さんは、

「終戦処理では、陸軍の多摩研の連中は大騒ぎで機材や真空管を、校庭に穴を掘って燃やしていたが、こちらは何をしてよいのか分らなかったし、築地の本部に連絡しても要領を得ない……。そのあたりが困惑したことであった」

宮澤光子さんは、

「終戦の玉音放送は、聞き取りにくい放送でしたが、戦争に負けたとわかって『えっ!』と思いました。それから資料などの焼却がはじまりました」

本郷の住まいが空襲で焼け、中野に疎開して、六月ごろから井の頭分室で勤務した磯田順子さんは、

「若い男子部員が率先して、書類やタイガー計算機までも燃やし続けました……。ひとりの技師からもらった計算尺だけが、私の手元に残りました」

さらに、昭和十五年に東京高等女学校(現在の東京女子学園中学・高等学校)を卒業して水路部に入った筋野尚子さんは、

「お隣の陸軍技術部(多摩研)の将校たちは書類や物品の焼却に大わらわです。陸軍に刺激され、逆上した若者たちの先導で、水路部も手当たり次第に焼却しはじめました。

今まで苦労して各地を持ちまわって、大切に保存に努めた暦計算原稿も補助表も浄写原稿も、火中に投げ込まれたり、また、その火中の原稿を夢中で取り出したり、全く取り乱れた、無我夢中の半日でした」と、井の頭分室の終戦を述懐している。

在校生の、斎藤京子さんは、

「終戦の放送は、図書室の前に集まって聞いたと思います。内容は良くわかりませんでしたが、戦争に負けたと知らされました。

そのあと、水路部の書類などを校庭で泣きながら燃やしました」

おなじく三宅百合子さんは、

「終戦は学校で迎えましたが、疎開者が多く、当時は学年で五十名くらいしか在校していなかったと思います。私たちが作業した水路部の書類を燃やし続けました」と、それぞれに女学生たちの八月十五日を回想する。

復活した礼拝

終戦時、都内にあった聖公会の二十一におよぶ教会や礼拝堂は、戦災で失われていたが、立教高等女学校は戦災による教職員・生徒の死傷者もなく終戦の日を迎えた。

九月一日に授業再開――礼拝堂のシャンデリアや教室のスチームも供出されて、荒れ果てた校舎に、やがて疎開先から生徒たちも戻り、平和な時がよみがえろうとしていた。

門馬常次校長〈立教女学院〉

講堂に集まった生徒たちを前にして、門馬常次校長は、

「生徒たちをはじめ、礼拝堂や校舎を戦争に巻き込んでしまい、本当に申し訳なかった……」と、深く頭を下げたという。

昭和21年12月、クリスマス・ページェントの出演者たち。前から2列目左端は中村洋子さん、右端に離れて立つのは服部昌子さん。3列目左端が粟飯原美都子さん、3人おいて原田慶子さん、小林良子さん（軍人姿）、藤井節子さん。5列目左端（尼僧役の右後ろ）は鵜養愛子さん。最後列右端は石川栄子さん、その左の男性は衛藤瀋吉先生（のち東大名誉教授、亜細亜大学学長、東洋英和女学院院長を歴任）〈立教女学院〉

十二月にはクリスマス礼拝も再開された。クリスマスの寸劇（パジェントまたはページェント——イエス・キリストの誕生にまつわるエピソードを象徴的な劇にしたもの）を語るのは、三宅百合子さんである。

「クリスマスのページェントは、キリスト降誕をイメージしたもので四年生がヨセフとマリア役。私たち三年生は天使役で、頭に付けた冠や星は、戦時中にB－29が投下した、三から四センチ幅のアルミテープ（注・日本側のレーダーを妨害するためのチャフ。ロープとも呼ばれた）が校庭にも舞い落ちて、とてもキレイだったので拾い集めてあったものを使って制作しました」と、クリスマス礼拝の再開を振り返る。

昭和二十一年、学制改革により、私立学校における宗教教育を正課とすることが許され、始業礼拝が再開された。

「アサヒグラフ」の昭和二十一年六月二十五日号は、表紙に聖マーガレット礼拝堂で、祈りをささげる女学生をとりあげ、本文では見開きで〝青春の花園〟と学校内の生活を掲載した。聖歌隊のスナップには十字架を持つ、平塚かおりさんを見ることができる。おなじく昭和二十一年十二月十五日号は、クリスマスに備えて、聖マーガレット礼拝堂で、登坂ときわ先生の指揮で聖歌を練習する、立教高等女学校聖歌隊の写真を掲載している。

昭和二十二年十二月十四日には、菅圓吉校長と登坂ときわ先生に引率された聖歌隊がNHKの日曜礼拝（キリスト教の時間、ラジオチャーチ）に出演する。

聖歌隊の指導をした登坂ときわ先生
〈立教女学院〉

この出演を語るのも聖歌隊の一人であった三宅百合子さんである。

「当時は田村町（現在の西新橋）にあったNHKにクワイアが出演しました。NHKの周辺は焼け跡が残り、とても寒い朝でした。NHKの第六スタジオ、菅先生の説教、登坂先生のオルガンと指揮で、私たちが聖歌――礼拝の様子を全国に放送しました。司会は志村（正順）アナウンサーでした」と、当日の午前十時過ぎから放送されたラジオチャーチを語ってくれた。

同年十二月三十日の全国の映画館で放映された「日本ニュース」は、立教高等女学校のクリスマス礼拝――聖マーガレット礼拝堂でクリスマスを祝い、小宮多恵子さんが持つ十字架に先導されて、礼拝堂に入る聖歌隊や「来たりておがめ、来たりておがめキリストぞ」と聖歌二十番「天使の主なる大君」を合唱し、祈りをささげる女生徒たちの姿を紹介した。

この年の春、六・三・三・四の新学制が公布され、立教高等女学校は、その名を発展的に消し、誰に気兼ねすることもなく、キリスト教を前面に出した立教女学院が誕生して、あたらしい歩みをはじめようとしていた。

守られた学校

二〇〇九年（平成二十一年）七月二十七日、激しい雷雨のあと、雨上がりの空に虹のアーチがかかった。

この日、思いもかけなかった出会いがあった――。六十四年ぶりに立教女学院を訪れた、水路部部員として井の頭分室に勤務した林薫子さんは、当時のままの姿でたたずむ礼拝堂や

昭和21年、立教高女4年生、5年生の聖歌隊。前列中央で十字架を持つのが平塚かおりさん、その右は小宮多恵子さん。3列目左から2人目が佐藤道子さん。最後方の男性は、左が菅圓吉校長、右がチャプレンの後藤眞先生〈立教女学院〉

昭和21年秋頃の立教高女在校生たち。前列左端は石川栄子さん、右から3人目は小林良子さん。2列目左端は田瀬敦子さん、右から3人目は小宮多恵子さん、中央の着物姿は三浦美知子先生（皇居遙拝に抗議して辞職したが、戦後復職）、三浦先生の左後ろは門脇百合子さん、後列の男性は後藤眞先生〈立教女学院〉

校舎を仰ぎ、思い出をたどる。

「お昼休みには、校庭の片隅でテニスやバレーボール、芝生で〝四つ葉のクローバー〟を探したりしたんですよ」と、林さん。

そして同窓会や後援会室などがあるウイリアムズホール（旧、寄宿舎）では、比較宗教学の研究者であり、立教女学院短期大学で「キリスト教概説」や「旧約、新約聖書」などを講義する秋吉輝雄教授と会って、水路部井の頭分室や秋吉利雄少将を懐かしんだ。この秋吉教授は、なんと水路部第二部部長・秋吉利雄少将のご子息であった。林さんが戦時中に、秋吉少将から見せてもらった写真で見知っていた、ご子息であった――。

「秋吉少将は憧れの方でした。写真で拝見していた可愛いご子息と、井の頭分室のあったところで、お会いできるなんて……夢のようで、とてもうれしくて……」と、奇跡のように立教女学院に導かれて、林薫子さんが感激した、ひとときであった。

秋吉輝雄教授にお会いできたことにより、あらたな史実を知ることができた。さらに、門馬常次校長が生徒たちに話した「水路部が来たので、仕事をさせてもらうように頼みました……」ということばの陰に、戦時下でさえ聖公会のネットワークがあったことを、想像させられるのである。

秋吉利雄少将の奥さま――秋吉ヨ子（よね）さんは、大正七年に十組織のミッション団体により創立された東京女子大学の卒業生であり、昭和初期には渡米してアメリカの大学で学び、帰国後も日本ＹＷＣＡで活躍された方であった。

秋吉ヨ子さんは、東京女子大学の卒業生で作った同人誌「環」の取材に答えて、

「（主人は）戦時中には海軍水路部の長でしたから、ひとつ良かったことは東京ＹＷＣＡにも、東京女子大学にも秋吉が口を利いて入る団体を選ばせてもらって、先ず水路部が入り、自分の管轄下でしたから、（東京女子大学の）石原謙学長とちゃんと話をして、ほとんど（校舎）を使いませんでしたよ。その手配のことで、部下に電話しているのを聞いていましたが、（他の部署に）使わせまいとする事に、一苦労あったようですよ。

大学の方々は折渉（ママ）する相手が、私の主人という事は知らなかったでしょうね」と、語っている。

敬けんな聖公会のクリスチャンであった秋吉少将は、特に陸軍の部隊に学校の校舎を使わせると、荒らされることを心配していたという。

64年ぶりに立教女学院を訪れた元水路部部員・林薫子さん（左）と秋吉輝雄教授〈立教女学院〉

東京ＹＷＣＡには昭和十八年末から二十年初夏ごろまで、水路部内にあった海軍気象部（昭和十九年四月に水路部第三部は独立して、海軍気象部となった）が入り、都立深川高等女学校（現・都立深川高等学校）の女子挺身隊たちとともに、作業所としている。

東京女子大学西校舎（現在の七号館）の二教室には、昭和十九年九月から昭和二十年二月にかけて水路部が入り、外国語科の一年生が動員されて、マレー方面の地名カードの作成にあたっている。

さらにクリスチャンのルートを追うと、昭和十八年末ごろから一時期、水路部の編暦は神田駿河台の「主婦の友社分室」で作業を行なっている。「主婦の友社」を創設した石川武美・かつ夫妻はクリスチャンであり、秋吉利雄少将夫妻と同じ聖公会の三光教会で挙式していた。石川武美社長は、昭和十八年春から戦後まで東京女子大学の理事をつとめている。

ここでは明らかに、聖公会のネットワークが浮上してくる。

東京女子大学は、陸軍功績調査部や中島飛行機が校舎を接収して、秋吉少将が心配したように、水路部が大学から去る直前には、白亜の校舎や礼拝堂はコールタールによる迷彩が施され、工作機械を搬入するために講堂の壁は壊されて、キャンパスは荒れ果てていった。

立教高等女学校は建物の迷彩も行なわれず、特に礼拝堂を使っていた陸軍の多摩研や日本無線は祭壇に幕を引いて、作業員が足を踏み入れないようにしていたという。

ここには秋吉少将の、聖公会の学校を守ろうとした、強い意志が働いていた――と思える

現在の聖マーガレット礼拝堂でのクリスマス礼拝〈立教女学院〉

のである。

二〇〇九年秋、立教女学院は創立百三十二周年を迎えた。そして女学院の創設者であり、キリスト教伝道に生涯を奉げ、自らの功績が記録に残ることを拒みつづけたウイリアムズ主教、来日百五十周年の年でもあった。

立教女学院のめざす女性像は、「知的で品格のある、凛とした女性」であり、内外に発する言葉は、ヴァージニア州リッチモンドに眠る、ウイリアムズ主教の墓碑に刻まれた一文――「道ヲ傳ヘテ、己ヲ傳ヘズ」である。

在校生たちは戦争があったことを知らない世代であり、聖マーガレット礼拝堂に祈りが途絶え、先輩たちがいやおうなく、戦いに巻き込まれたことなども知らない世代である。

中村邦介学院長をはじめとする女学院資料室は、「立教女学院にも、六十余年前に戦争があったこと」を、生徒たちにしっかり伝えようと、資料の収集と卒業生たちへの聞き取りを急いでいる。

春の訪れを告げる水仙、白梅、紅梅、桜、そして藤、つつじ、花水木、紫陽花、やがて秋海棠、サルビア、りんどう——季節の花に彩られるキャンパスの朝は、女生徒たちの静かな祈りからはじまる。

歴史を見つめてきた聖マーガレット礼拝堂は、ステンドグラスから差しこむ朝の光の中で、この静かで平和な時が、二度と乱されないようにとの祈りに包まれる。

水路部への動員学徒および水路部の指導スタッフ（判明分）

（学年は動員開始時を示す）

●**東京女子高等師範学校** 理科３年生（小石川区）
（現、お茶の水女子大学）　水路部校舎使用期間（昭 19.10 ～ 20.6）
学校工場（19.10 ～ 20.6）　——航空天文暦推算（高度方位暦）

●**東京女子高等師範学校附属高等女学校** ３年生
（現、お茶の水女子大学附属中学・高等学校）　水路部校舎使用期間（19.9 ～ 20.8）
（小石川区 → 新潟県西頸城郡西海村〈糸魚川市〉の疎開先、耕文寺内）
学校工場（19.9 ～ 20.5）　——航空天文暦推算
〔水路部指導スタッフ〕
金子　秀技手（工芸学校〈現、都立工芸高等学校〉出身）、石黒いづみさん（第一高女〈現、都立白鷗高等学校〉出身）、磯田順子さん（第二高女専攻科出身）20.4 ～５初め
疎開先（20.5 ～８）
〔水路部指導スタッフ〕
目黒　至少尉（兵科予備学生３期、東京物理学校〈現、東京理科大学〉出身）、坂田顕子さん（第十高女出身）

●**都立第一高等女学校** 高等科（浅草区）　築地・水路部へ通勤（19.6 ～ 20.6）
（現、都立白鷗高等学校）　——航空天文暦推算

●**都立第二高等女学校** 専攻科（小石川区）
（現、都立竹早高等学校）　学校工場（19.6 ～ 20.3）——航空天文暦推算
〔水路部指導スタッフ〕
松井正雄少尉（兵科予備学生３期、東京物理学校出身）、鳥居（現、大津）冨士子さん（第十高女専攻科出身）、沢辺百代さん（出身校不詳）

●**都立第三高等女学校** ５年生（麻布区）　築地・水路部へ通勤（19.10 ～ 20.6）
（現、都立駒場高等学校）　——航空天文暦推算
※ 20.5 末の空襲で校舎は全焼

●都立第十高等女学校 3年生（豊島区）水路部校舎使用期間（20.3～8）
（現、都立豊島高等学校）　学校工場（20.7？～8）　――航空天文暦推算

〔水路部指導スタッフ〕
鳥居（大津）冨士子さん（第十高女専攻科出身）20.7～8、赤須（赤沢）澄子さん（第十高女出身）

●日本女子大学校附属高等女学校 5年生（小石川区）
（現、日本女子大学附属中学・高等学校）　水路部校舎使用期間（19.10～20.8）
学校工場（19.?～20.6）　――航空天文暦推算
〔水路部指導スタッフ〕
鳥居（大津）冨士子さん（第十高女専攻科出身）

●立教高等女学校 2年生（杉並区）**【水路部井の頭分室】**
（現、立教女学院中学・高等学校）　水路部校舎使用期間（19.10～20.10）
学校工場（19.10～20.8）　――航空天文暦推算
〔水路部指導スタッフ〕
山崎真義少尉（兵科予備学生3期、東京物理学校出身）、竹内端夫技術中尉（海軍第34期技術科、東京帝国大学出身）、堀内元子さん（第一高女出身）、多胡信子さん（第一高女出身）、浅川キヨ子さん（第八高女出身）

●県立笠岡高等女学校 3年生（岡山県）**【水路部第二分室】**
（現、県立笠岡高等学校）　水路部校舎使用期間（20.5～8）
学校工場（20.6～8）　――航空天文暦推算

●県立下田高等女学校（詳細不明）（静岡県）**【水路部白浜分室】**
（現、下田高等学校）　水路部校舎使用期間（20.3～8）
学校工場　――航空天文暦推算

●県立水沢高等女学校（詳細不明）（岩手県）**【水路部水沢分室】**
（現、県立水沢高等学校）　水路部校舎使用期間（20.3～8）
学校工場　――航空天文暦推算

●県立浦和第一高等女学校 3年生（埼玉県）水路部校舎使用期間（20.3～8）
（現、県立浦和第一女子高等学校）　学校工場　――航空天文暦推算

●**東京女子大学** 外国語科１年生（杉並区）水路部校舎使用期間（19.9～20.2）
（現、東京女子大学）学校工場（19.9～20.2）――マレー方面地名カード作成

●**都立京橋高等家政女学校** 3年生（京橋区）築地へ通勤（19.6～秋？）
（現、都立晴海総合高等学校）　――事務作業

●**東京工業専門学校（東京高等工芸学校）** 印刷科 男子学生（芝区）
（現、千葉大学工学部）　築地（水路部第一部〈印刷〉）

●**麹町高等女学校** 4年生（麹町区）　(19.6～20.3)
（現、麹町学園女子中学・高等学校）　築地（水路部第一部〈印刷〉）

●**都立工芸学校** 印刷科4・5年生 男子学生（小石川区）(19.6～20.8)
（現、都立工芸高等学校）
築地（水路部第一部）→ 鎌倉市大船観音北側地下壕（水路部第一分室）

●**乃木高等女学校** 4・5年生（神奈川県藤沢市）　(20.3～8)
（現、湘南白百合学園中学・高等学校）
大船観音北側地下壕（水路部第一分室）　――事務作業

●**千代田女子専門学校** 2年生（麹町区）　(20.5～8)
（現、武蔵野大学）　大船観音北側地下壕（水路部第一分室）――事務作業

●**女子美術学校**（詳細不詳）（杉並区）
（現、女子美術大学）大船観音北側地下壕（水路部第一分室）――事務作業？

（終戦時）
海軍水路部第一部兼第二部部長（第三課、第四課、第五課）秋吉利雄少将（海兵42期）
第一分室長（第一課、第二課）長　益中佐（海兵55期）20.2～8

※「日本水路史」を底本にして、補足追加をした。
※航空天文暦とは「高度方位暦」を示す。
※水路部が疎開先として校舎を使用した期間と、学徒が水路部へ動員された期間は必ずしも一致しないことがわかる。

〈参考文献、協力（敬称略)〉

「日本水路史」「お茶の水女子大学百年史」お茶の水女子大学、「作楽会百年のあゆみ」お茶の水女子大学附属中学・高等学校、「創立百十周年記念誌」東京都立白鷗高等学校、「たなばた」都立第二高等女学校専攻科記念誌、「戦時下の立教女学院」「笠岡高等学校70年史」「浦和第一女子高等学校80周年記念誌」「麹町学園百周年記念誌」「東京女子大学の八〇年」「百合樹の蔭に過ぎた日」日本女子大学校附属高等女学校45回生西組の記録

東京女子高等師範附属高等女学校の皆さん、都立第二高等女学校専攻科の皆さん、立教高等女学校の皆さん、都立工芸学校印刷科／野村保恵、都立京橋高等家政女学校／大淵和江、日本女子大学校附属高等女学校／山田（稲葉）佐和子、千代田女子専門学校／湯田典子
戦時下勤労動員少女の会（中村道子)、水路部／浅川キヨ子、磯田順子、大津（鳥居）冨士子、林薫子、海上保安庁海洋情報部／梅田安則、立教女学院学院資料室
大西伊佐男、宮川彩乃

オリオンに導かれた爆撃隊

クリスマスの夜のB－29基地攻撃作戦

──秘密兵器「光線爆弾」

日本本土空襲のためサイパン島の基地に進出した米B-29爆撃機〈USAF〉

日本版〝VT信管〟の開発

昭和十九年（一九四四年）十一月一日午後、サイパン島を発進した米陸軍第七十三爆撃航空団のF－13（B－29改造の写真偵察機、機長はラルフ・スティークレイ大尉）「トーキョー・ローズ」号は、秋空に長い飛行機雲を曳いて東京上空一万メートルに侵入した。これがB－29による、本格的な帝都空襲の幕開けであった。

この日を境にして、日本陸海軍の航空部隊は、B－29の迎撃および、その発進基地を攻撃する必要にせまられることになる。

ちょうどこのころ、海軍航空技術廠・爆撃部と大阪帝国大学（現・大阪大学）理学部の浅田常三郎博士をチーフとする、民間企業数社からなるプロジェクトチームは、現在の〝光通信〟技術を先どりした新兵器――日本版VT（近接作動）信管の三式電気発火装置（有眼信管）と、その信管を利用した新型爆弾（三式三十一号爆弾）の開発を終えていた。

従来、地上に駐機している航空機を攻撃する場合には、爆弾を投下した一定秒後に、時限信管を作動させて、炸裂させる方式であった。

しかしこの方式では、天候や対空砲火、迎撃戦闘機などの影響を受けて、予定の爆弾投下高度が維持できずに、その分だけ爆弾の炸裂高度が変化して、所期の目的を得ることができなくなるケースがあった。

もし爆弾の投下高度にかかわらず、地上に駐機している航空機の頭上、十数メートル付近で信管を作動させ、爆弾を炸裂させることができれば、爆片と爆風で地上の航空機を包んで、確実に損害をあたえることが可能である。

米国のＶＴ信管は、信管自体が電波を発信して、目標から一定強度の反射波を得ると、自動的に信管を作動させて、弾丸を炸裂させる。つまり、信管作動のトリガーは目標が決めてくれるのである。

日本の技術陣も、この方式を検討したが、当時の技術力では実現が不可能なテーマであった。

そこで、光学研究の第一人者であった、浅田博士のひきいるプロジェクトチームは、現代の光通信技術を駆使して、このテーマに挑戦した。つまり信管部に〝光センサー〟を取り付けようとしたのである。

光も電波同様に波である。物体にあたれば反射して、反射波として受光できる。さらにこの反射波を電気信号に変換すれば良い。つまり、Ｏ／Ｅ（オプティカル・ツー・エレクトリカル）変換（光を電気に変換）したのである。

これこそ、現代のハイビジョンの高品質伝送などIT（情報技術）の一翼をになう〝光通信〟技術そのものである。

この信管頭部には、付図のように二つのレンズが取り付けられていた。片方は光を投射する窓の役わりをする。他方は反射してきた光――反射光を受光する。この二つのレンズが人間の眼のように見えることから、〝有眼信管〟と名付けられた。

浅田博士の門下生として、このプロジェクトチームに参加した、牧野信夫技師は静かな晩秋の古都で、次のように詳細を語ってくれた。

「光源は自動車のヘッドライトを利用し、その前方でスリットを入れた回転板をモーターで毎秒一千回転させる。つまり、一千サイクルの明滅する光を作り、レンズを通して投射する。そして、目標から反射してきた、この一千サイクルの光を受けて増幅させ、光電管（光の強さに応じた電流を生じさせる管）を通して蓄積させ、その容量が一定の強度になったとき――つまり目標に接近したときに強い電流を流して信管を作動させる。

基本電圧を変えることにより、信管の作動高度は可変でしたが、地上十から十五メートルで作動するように固定としました」

夜の闇を切り裂く「光線爆弾」

昭和十九年五月十六日に、最初の投下実験が実施される。そして改良を行ないながら、九月五日の投下実験で満足すべき結果が得られた。後日、投下実験に立ち会った牧野信夫さんは、

「目標の上方十五メートルで、正確に爆弾が炸裂、細かい破片が雲のように目標を覆って見えた。あとで確認すると、機銃掃射を受けたように孔が多数開いていた」と回想する。

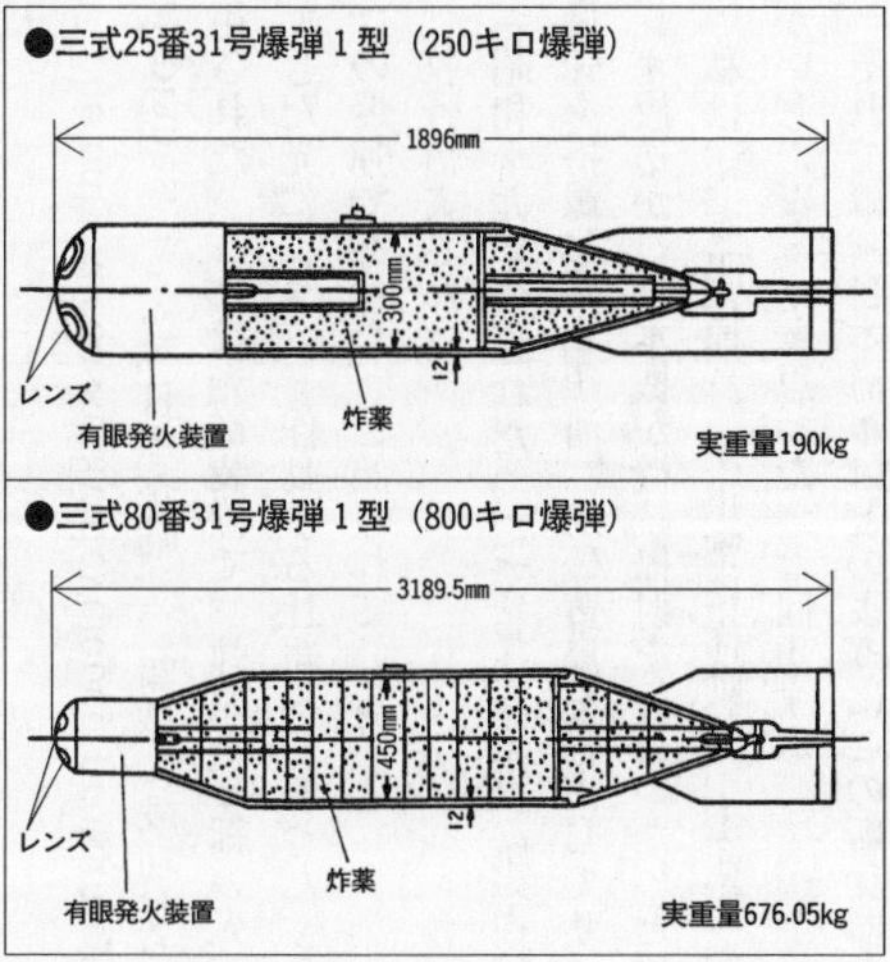

●三式25番31号爆弾１型（250キロ爆弾）

1896mm
300mm
12
レンズ
有眼発火装置
炸薬
実重量190kg

●三式80番31号爆弾１型（800キロ爆弾）

3189.5mm
450mm
12
レンズ
有眼発火装置
炸薬
実重量676.05kg

光を放射しつつ、夜の闇を切り裂きながら落下する新型爆弾。のちに搭乗員たちに、「光線爆弾」と呼ばれる新兵器の完成である。

制式採用されたこの爆弾は、三式八十番三十一号爆弾一型（八百キロ爆弾）、および三式二十五番三十一号爆弾一型（二百五十キロ爆弾）と呼称された。

昭和二十年十一月一日に報告された、日本に進駐したアメリカ軍のレポートに

は、

"The only successfully developed proximity fuze was for use in bombs dropped from airplanes. ……"「日本が唯一、開発に成功した近接信管は、航空機から投下する爆弾に使用された。これは光電装置で、弾頭から細い光線が放射され、光電式電池が地上から反射してきた光によって、作動する仕組みであった。これは明らかに、レイテでわが軍が見たタイプの爆弾であった」と記されている。

牧野信夫さんは、

「昭和十九年の暮れだったでしょうか。航空技術廠の佐藤（忠）技術中尉が、〝有眼信管〟爆弾を搭載した『銀河』が硫黄島を経由してサイパンを攻撃したこと。また米国西海岸のラジオ放送が〝日本機が機銃掃射を行なった〟と放送していたことを教えてくれた。

私は、〝有眼信管〟が正常に作動し、上空で爆弾が炸裂したので、米側が機銃掃射と勘ちがいしたな……と思った」と回想する。

それでは、日本海軍はどのようにこの新兵器を使用したのであろう。防衛研究所史料室に現存する、日本側の史料をひもといてみよう。

初陣のアスリート飛行場爆撃

昭和十九年十一月二日、木更津を発って硫黄島に進出していた、T攻撃部隊に属する、七六二空攻撃七〇三飛行隊の一式陸攻十機は、飛行隊長・江川廉平少佐（海兵六十二期）がひきいて、午後八時三十分ごろから硫黄島を発進した。

うち二機は発動機故障で引き返したが、八機は午前一時すぎにサイパンのアスリート（米呼称・アイズリー）飛行場やテニアンの飛行場上空に達した。

攻撃隊は五機が八十番三十一号爆弾と六十キロ陸用爆弾を搭載しており、米陸軍の第六夜間戦闘機隊のP－61と交戦しながら目標の上空で投弾して、複数の炎上を認めた。

これが現存する史料で確認できる、三十一号爆弾をはじめて実戦にもちいた攻撃隊である。

続いて十一月六日には、同じく攻撃七〇三飛行隊の一式陸攻五機が、午後八時十分から硫黄島を発進してサイパン島へ針路を定めた。

この攻撃隊も、安西大助中尉（偵練二十一期）ひきいる一中隊の一番機と二番機が八十番三十一号爆弾を搭載してテニアンの第二飛行場へ投弾する。

また二中隊をひきいた蕨（わらび）俊雄少尉（乙四期）機も搭載した八十番三十一号爆弾をサイパンのアスリート飛行場上空で、密雲の上から投弾している。

次は米側が記録するレイテ攻撃の航空部隊である。

クラークフィールドに展開していた七五二空攻撃七〇二飛行隊（飛行隊長・仲斎治大尉＝海兵六十六期）に属していた、飛行予備学生十三期（専大）出身の根本正良さんは、保存してきた日誌を開いて、当時を振り返ってくれた。以下は、その抜粋である。

「十一月二十四日、兵器整備分隊長・溝井清中尉（海兵七十二期）が光電管付爆弾——三十一号爆弾の話をしている。いよいよ今夜から使う。田桑秀四郎飛曹長（乙八期）機、佐々木機、野田新八一飛曹機（乙十五期）機、小笠原機一八〇〇発進。タクロバン爆撃……。十一月二十七日、小林善明上飛曹機、佐々木機レイテ方面爆撃……。十一月二十八日、長村正次郎中尉（海兵七十二期）機タクロバン爆撃……。可動全機三十一号爆弾搭載……」

この攻撃七〇二飛行隊の一式陸攻の爆撃で、光を投射しながら落下する新型爆弾を、米側がレポートしたのである。

続くは、再びマリアナのB－29発進基地の攻撃である。

十一月二十八日午後九時十七分から七五二空攻撃七〇四飛行隊（飛行隊長・坂口昌三大尉＝海機四十七期）の一式陸攻五機が、奥田一男大尉（飛行予備学生五期、関東学院）にひきいられて、単機ごとに硫黄島を発進した。

この中の権代博美中尉（海兵七十二期）機には、六十キロ陸用爆弾と八十番三十一号爆弾が搭載されていた。権代機は、七千から六千五百メートルの高度より、第一航過で六十キロ爆弾を投下し、第二航過で三十一号爆弾を投下したといわれる。

さらに、十二月六日午後十時三十分から、硫黄島を一式陸攻七機が発進を開始した。八日前と同じ攻撃七〇四飛行隊の奥田一男大尉がひきいる攻撃隊であった。

この夜は、陸軍の飛行第百十戦隊（戦隊長・草刈武男少佐）の新鋭四式重爆（キ六七）八機も、サイパン攻撃に向かった。これが爆装した四式重爆の初陣である。

スピードにまさる四式重爆隊は、全機が東京芝浦電気の澤崎憲一技師が開発した、低高度電波高度計タキ－13を装備、洋上を這うようにして進攻して、午前三時すぎにアスリート飛行場に低空で侵入した。

そして午前三時半、四式重爆隊の攻撃に混乱を生じたアスリート上空七千メートルに陸攻隊が忍びよってきた。

奥田大尉機は発動機の不調で引き返したために、深谷肇大尉（海兵七十一期）がひきいた六機は六十キロ陸用爆弾十二発を投弾したが、深谷機には八十番三十一号爆弾が搭載されていたと思われる。

米戦史は、この陸海の攻撃隊によって、B－29三機が全壊、二十余機が損傷したと記している。

そして、牧野信夫さんが佐藤技術中尉から聞いたという「銀河」隊――。T攻撃部隊の陸上爆撃機「銀河」で編成された七六二空攻撃五〇一飛行隊が三十一号爆弾をもちいた、サイパン爆撃の作戦を開始した。

水路部の動員女学生たちの訪問

房総半島九十九里浜を目前にした、海軍香取飛行場（現在の千葉県旭市近郊）――。十二月中旬より豊橋基地や大分基地で、訓練にあたっていた攻撃五〇一飛行隊の「銀河」が、香取基地へ集結をはじめた。

要務士であった塚越雅則さん――飛行予備学生十四期（慶大）出身――は、「新飛行隊長・森本秀雄少佐（海兵六十三期）が着任され、ようやく飛行隊として、まとまった感じでした。

香取へは有坂（磐雄）大佐（海兵五十一期）が訪れ、『光電管爆弾と電探』の説明が搭乗員にありました。私は下士官を連れて、築地の水路部へ、硫黄島方面の海図を三十部ほど取りに、往復しました」と、出撃の準備を回想する。

ちょうどこの頃、香取基地に女性教師に引率された女学生たちが訪れている。水路部への勤労動員で、作成した「高度方位暦」と慰問の品々を携えた都立第二高等女学校（現在の都立竹早高等学校）専攻科の女学生たちであった。

飛行予備学生十三期（東京高等工芸）出身の浪上照夫さんは、その日を次のように語っている。

「高度方位暦」の作成にあたった都立第二高女専攻科生〈第二高女たなばた会〉

「森本少佐は、大変に喜んで、『お嬢さん方が、貴重な資料を作成して、わざわざ届けてくれたのだから、ご馳走しよう』と、私に指示した。

市中では貴重なパイナップルの缶詰、甘いゆで小豆、航空食などを出して、士官室脇の部屋で歓待しました。

持参してくれた天測データは『時間を基準にして、固有の星を、どのくらいの高度で見れば、飛行地点が簡単にわかる』というものであった。『こんな難しい計算を、良くやりましたね?』と質問すると、『水路部技術士官の指導で計算した』と答えてくれた」

そして香取を訪問した都立第二高等女学校専攻科生を代表して、西村章子さんは、

「『高度方位暦』――私たちは一生懸命に計算をいたしました。セーラー服の制服の腕に、海軍のイカリのマークを付けて、海軍の軍属として仕事

昭和19年12月25日、攻撃501飛行隊編成表

1	操	佐藤　佡飛曹長（甲２）	未帰還
	偵	森本秀雄少佐（海兵63）	
	電	畑山佐一郎上飛曹（普電練49）	
2	操	熊野　弘中尉（予10、熊本高工）	
	偵	丸山泰輔飛曹長（甲３）	
	電	原田宗善上飛曹（乙13）	
3	操	中川　勇上飛曹（丙８）	
	偵	馬場繁郎中尉（予13、山梨高工）	
	電	山下義春上飛曹（乙16）	
4	操	下吉秀吉上飛曹（操練55）	未帰還
	偵	照井徳次郎上飛曹（丙７）	
	電	池田秀男上飛曹（乙16）	
5	操	井手上二夫上飛曹（乙15）	
	偵	宮本治郎上飛曹（丙９）	
	電	田尾良夫一飛曹（丙15）	

をしている気持で頑張りました。

　できあがった『高度方位暦』を、航空隊に持っていく——というので、私たちも慰問袋を作って持参しました。担任の黒沢ミツ先生（英語）と七、八名で伺ったと思います。航空隊の方に歓迎していただき、航空隊の中を見学させていただき、美味しいものをご馳走していただきました。

　私の作った人形や、色々を入れた慰問袋は、岸本篤三大尉のお手元に渡ったようで、岸本大尉から、とても達筆なお礼状をいただきました。前文に『時ならぬ時に……』というような名文だったので、とても印象に残っております」と、回想する。

攻撃五〇一銀河隊の出撃

十二月二十二日には、偵察十一飛行隊の「彩雲」偵察機が硫黄島を経由してサイパン、グ

アム方面への偵察に、南の空へ飛び立っていった。そして、

昭和十九年十二月二十五日午前九時すぎ、誉エンジンを全開にした「銀河」が八十番三十一号爆弾を搭載して離陸、中継基地の硫黄島へ機首を定めた。

あい前後するように、七六二空の指揮下にあった陸軍飛行第七戦隊（戦隊長・高橋猛少佐）の、魚雷架をはずして、爆装したキ－六七も強制冷却ファン独得のエンジン音を響かせて発進した。攻撃目標は、サイパン島アスリート飛行場であった。

この日「銀河」隊は、付表のように飛行隊長・森本秀雄少佐（海兵六十三期）が自らひきいる五機で、いずれも艦隊出身の精鋭搭乗員で編成されていた。

森本秀雄少佐は、「せめて正月ぐらい、B－29の空襲から本土を守ろう。小野（賢次）大尉（攻撃二六二飛行隊長、海兵六十四期）も最初の攻撃で逝ってしまった。俺も最初に出る。次はお前頼む……」と次席指揮官の岸本篤三大尉（海兵六十九期）にあとを託しての出撃であったという。

出撃直前の森本少佐について飛行隊要務士の塚越雅則さんは、

「森本少佐が私に、『君にこれやるよ！』と差し出して下さった〝第三種軍装〟が、まるで誂えでもしたようにピッタリで、生地も当時としては貴重なウールのギャバジン、予備士官に僻まれつつも、得意になって愛用させていただいたことを忘れません」と、振り返る。

この日の攻撃隊は、硫黄島を午後三時ごろに発進して、午後八時すぎには攻撃を終了する

予定とされていた。

それではこの攻撃を、攻撃五〇一飛行隊の現存する搭乗員の回想で振り返ってみよう。

まず、マリアナ沖海戦、台湾沖航空戦を戦いぬいた熊野弘さんは、

「整備員が爆弾に〝Merry christmas〟とペイントして、『頑張って下さい』と送り出してくれました。両翼に増槽を付け、胴体のタンクもガソリンで満杯、新型爆弾を抱いて、硫黄島の短い滑走路を離陸するのは、空母からの発艦より必死でした。

エンジンのスロットルをいっぱいに押えながら、フラフラする機体を支え、エンジンの音に〝頑張れ、頼むぞ〟と念じていました。飛行機が重く、編隊を組む余裕はありませんでした」と語る。

熊野機の偵察員は、真珠湾攻撃、ミッドウェー海戦、南太平洋海戦と白昼の雷撃戦から不死鳥のように帰投した丸山泰輔飛曹長である。丸山さんは、

「硫黄島を薄暮に離陸して、進撃高度三千メートルに達したとき、西方にはかすかに青空が残り、東の空では星がまたたきはじめていました。推測航法を基準にして硫黄島よりサイパン島への直線コースをとる。

高度六千メートルでサイパン島の中央部に突きあたり、そのまま南西端のアスリート飛行場に進入した」と回想する。（山梨県立科学館天文部のシミュレーションによれば、この時、東の空にはオリオン座がのぼりはじめていた）

〔上〕海軍攻撃五〇一飛行隊所属の陸上爆撃機「銀河」〈宇野敦子〉。〔左〕攻撃五〇一飛行隊長・森本秀雄少佐（海兵63期）〈森本多寿〉

熊野中尉機は硫黄島からの直線コースをとり、マリアナ沖海戦、台湾沖航空戦を戦った井手上上飛曹機は西方から、馬場中尉機は搭載したH－6索敵電探でマリアナ諸島を確認しながら、大きく西方洋上にコースを外して進攻する。多方向から単機ごとの攻撃である。

午後八時すぎ、攻撃隊はサイパン上空に達して、アスリートへの爆撃コースにはいった。

B－29多数の破壊に成功

熊野弘さんは次のように攻撃の様子を語ってくれた。

「アスリート飛行場は、はっきりと視認できました。サーチライトが光り、騒然たる気配でした。対空砲火は低高度の曳光弾と飛行高度と同高度の高射砲でした。飛行場の上空で新型爆弾を投下、しばらくして後方で大きな炎を確認しました。

電信員の『後方に敵機！』との警報で、あわてて横すべりで退避しつつ硫黄島へコースを取った」

さらに丸山泰輔さんは、

「銀紙（電探欺まん紙）を撒きながら、旋回してアスリート飛行場を発見した。サーチライトが照射され、高角砲弾が炸裂していた。銀紙の効果で高角砲弾は、機のはるか後方に弾着するので、悠々と緩降下して光電管付爆弾を投下した。米夜戦が執拗に迫ってきたが振りきった」と語る。

また井手上二夫さんは、

「新型爆弾を投下後、対空砲火で左エンジンに被弾、〃ワカバニッシン（自己機符丁）、左エンジン不調。自爆スルヤモシレズ〃と発信し、左旋回で北上離脱コースをとる。田尾兵曹が、『機長、自爆しても爆弾が無いので、家の仏さんに近づきましょう（少しでも故郷に近づいて死にましょう）と進言してくれた。気を取り直して、宮本兵曹に、硫黄島への航法を指示した」

そして偵察員の宮本治郎さんは、

「帰投針路に入り、左エンジン不調、片肺飛行となって電文を発信したと記憶しています。

『戦いの任務は終わった〃落ち着け〃という気持で、井手上機長には『何としても、落ち着いた行動をとってもらわねばならぬ』と思い、〃家の仏さんに近づきましょう〃という会話になりました。

岸本篤三大尉（右、海兵69期）と熊野弘中尉（予学10期）〈熊野弘〉

私はゴムの救命筏に、空気を入れる準備をしていました」と、それぞれに緊迫した状況を振り返ってくれる。

サイパン上空で攻撃隊を待っていたのは、前述した第六夜間戦闘機隊に属する〝黒い毒グモ、黒衣の未亡人〟――P-61ブラックウィドウであった。

米史料は、「クリスマスの夜に一式陸攻二十五機が進攻して、B-29一機が全壊、三機以上が大破、十一機以上が損害を受けてガソリンや焼夷弾が炎上した。機銃掃射を受けた。夜戦は六機を撃墜した」と記している。

この機銃掃射と記された項目こそ、有眼信管が正常に作動し、爆弾が炸裂したことを物語っている。この夜、一式陸攻の攻撃隊は進攻していないので、これらは攻撃五〇一飛行隊の「銀河」と飛行第七戦隊の四式重爆である。

そして、熊野中尉機と被弾した井手上上飛曹機は夜間の天測航法で、硫黄島への帰投コースをとった。丸山泰輔飛曹長と宮本治郎上飛曹は気泡六分儀をかまえる。

丸山泰輔さんは、

「長距離の夜間航法──帰投針路は直線コースをとり、推測航法だけでは正確を期し難いので、天測を行なって機位を出して、推測航法による機位と照合しながら航法を行なった。天候は晴れ、雲量は三、硫黄島を前方に視認した時の機位の誤差は三海里ほどであった」

また宮本治郎さんは、

「爆撃終了後、機位を失い不安な発進点となる。途中、何度か気泡六分儀にて星座を実測する。機位の確認コースにのり、予定到達時刻に、硫黄島の島影を発見して安堵しました」

そして帰投した搭乗員は、飛行場北東掩体附近大火災、滑走路南西附近飛行機と認められる小火災──と報告した。

しかし、自ら攻撃隊を指揮した森本秀雄少佐機と下吉秀吉上飛曹機はマリアナの空から再び帰投しなかった。

森本少佐機は、対空砲火または夜戦との交戦で燃料不足、片舷飛行となり、ウラカス島の西方洋上に不時着水して連絡を絶った。操縦員は「瑞鶴」艦攻隊で真珠湾攻撃、珊瑚海海戦、南太平洋海戦を戦いぬいた佐藤傍飛曹長で、井手上二夫さんの飛練時代の教員でもあった。

またアリューシャン作戦やマリアナ沖海戦、台湾沖航空戦を戦いぬいた下吉上飛曹の最後

森本少佐機の操縦員を務めた佐藤份飛曹長（甲飛２期）〈久保キミ子〉

は、翌二十六日夜、岸本篤三大尉機の電信員としてサイパンを攻撃した、普電練五十二期出身の熊谷（浅沼）孝瑛さんが、「下吉機は、硫黄島東方洋上まで帰投したが燃料が尽き、〝天皇陛下バンザイ〟の電報を発して行方不明となった」と語っている。

夜間戦闘機〝ブラックウィドウ〟を振りきる

十二月二十六日夜、隊長機未帰還の報に、悲荘感あふれる攻撃隊は、岸本篤三大尉のひきいる四機がアスリート爆撃に向かった。

浪上照夫少尉、平山勝治飛曹長、そして真珠湾攻撃や台湾沖航空戦を戦った甲飛四期の堀江勇飛曹長が機長をつとめる四機であった。

「岸本大尉機は高度八千メートルでマリアナ東方洋上を南下、南側からアスリート飛行場に侵入して、六千メートルで三十一号爆弾を投下した」と、熊谷孝瑛さんは語る。

また、浪上少尉機はマリアナ西方洋上に機首を向け、前夜の馬場中尉機同様に、電探でマリアナ諸島を探りながら南進する。

浪上照夫さんは、「高度六千メートルで電探欺まん紙をまき散らしながら、サイパン西方で四千メートルに降下する。

少し霞んでいたので、さらに二千メートルまで降下してアスリートを確認した。接近しながら再び高度をあげて、四千メートルくらいで新型爆弾を投下した。

左旋回しながら北上離脱、飛行場の南から対空砲火を浴びる。夜戦に執拗に追尾されて、高度を絶えず変化させながら北上を続け、夜戦を振りきった」と回想してくれる。

この夜、平山飛曹長機と堀江飛曹長機がマリアナの空に消えた……。

このころ、香取に赴いた攻撃五〇一飛行隊に続いて、飛行第九十八戦隊とともにサイパン爆撃を予定されていたという攻撃二六二飛行隊の要務士、川本治夫さんは、一時飛行隊長を兼務した森本秀雄少佐と、同じく台湾沖航空戦を戦った堀江勇飛曹長の未帰還を知って、茫然自失となったと語ってくれた。

十二月二十八日、ベテラン金田数正大尉（偵練十二期）の指揮する第三次攻撃隊が発進する。

うち一機は海岸近くに不時着、整備分隊長の古垣（本田）親治さん（海機五十期）は不時着機からの爆弾とりはずしに、有眼信管が光を受けて作動しないよう懐中電灯を使用できずに苦慮したと回想した。

この攻撃隊は硫黄島で瀬口隼男飛曹長（甲五期）機が横風にあおられるように脚を折って炎上するという事故で中止された。攻撃五〇一飛行隊の攻撃は続く……。

昭和二十年一月二日深夜に硫黄島を出撃した「銀河」二機は、三日未明にアスリート飛行場上空に達した。攻撃隊は飛行場南側掩体二ヵ所の炎上を確認する。

小畠（こばたけ）弘上飛曹（甲九期）の操縦する「銀河」は、投弾後にP‐61夜戦（ドナルド・エヴァンス少尉〈操縦〉、チャールズ・ワード少尉〈レーダー〉、リチャード・ゴールデン少尉〈射手〉クルーであろう）の攻撃で被弾して、小畠上飛曹が重傷を負ったものの硫黄島へ帰着した。

そして、この二機とすれちがうように岡本操中尉（海機五十三期）がひきいる二機が、一月三日のれい明にサイパン上空に達した。岡本機の操縦は冨永常雄上飛曹（乙十一期）で、列機は村上義幸一飛曹（甲十一期）がマリアナ沖海戦や台湾沖航空戦を戦った前羽登二飛曹（丙十五期）、小原二郎二飛曹（丙十五期）とペアを組んだ。

だがこの二機は目標に達する前にP‐61に捕捉されて、マリアナの海に燃え墜ちていった……。

三十一号爆弾を搭載した多数の「銀河」がマリアナに進攻したならば、B‐29の本土空襲は、もう少し遅れていたのかもしれない。

昭和二十年三月五日未明には、台湾の台南に進出していた七六五空攻撃四〇一飛行隊の「銀河」（操・海老原寛上飛曹〈乙十二期〉、偵・田辺勤少尉〈飛行予備学生十三期、広島高工〉、電・川上幸雄上飛曹〈普電練〉）がリンガエン湾周辺の飛行場爆撃で、八十番三十一号爆弾を投下した。

沖縄戦がはじまると、芙蓉部隊の「彗星」艦爆が二十五番三十一号爆弾を搭載して、伊江島や北飛行場を爆撃して、戦いは終わった。

平成七年（一九九五年）四月、森本少佐出撃の地を知り、香取飛行場跡に建つ戦没搭乗員を悼む慰霊碑に、香華をたむける老婦人の姿があった。森本秀雄少佐の奥さま――多寿さんであった。

沖縄の空に消えた「第六銀河隊」

特攻で戦死した学徒士官と遺された母の哀しい物語

被弾し炎を吹きながら米空母に
突入を図る特攻隊の「銀河」
〈National Archives〉

銀河特攻隊編成さる

昭和二十年四月一日、米地上軍は沖縄本島中南部に上陸を開始した。上陸を支援する艦艇・艦船は二千隻あまり、上陸部隊は十八万人に達した。上陸した米軍は沖縄北・中飛行場をまたたく間に確保して米軍機の行動を可能とする。そして島の南部へと侵攻を開始した。対する日本軍守備隊は牛島満陸軍中将の指揮する第三十二軍の約七万名と大田実海軍少将の沖縄根拠地隊約八千名であった。この勢力に加えて、十七歳から四十五歳の沖縄県民二万五千名が動員されて軍の指揮下に加えられた。その中には中学生、高等女学校生などの学徒二千二百名が含まれていた。文字通り〝鉄の暴風〟の中で、県民を巻き込んだ悲惨な地上戦となったのである。

この沖縄の攻防に日本陸海軍がとり得た作戦は、もはや多くの若人たちが乗る自爆特攻機を南九州の基地から出撃させる手段しか、持ち合わせていなかった。

西日本の防衛にあたり、多くの特攻機を出撃させた海軍の第五航空艦隊は、海軍期待の新鋭機として登場した、陸上爆撃機「銀河」さえも特攻機として出撃を命じていた。

その先駆けとなったのは、昭和二十年三月十一日の攻撃二六二飛行隊、攻撃四〇六飛行隊からなる「銀河」二十四機で編成され、洋上を三千キロ飛翔してウルシー泊地の米機動部隊を襲った「梓(あずさ)特別攻撃隊」である。

そして三月十八日から二十一日にかけて四国沖に接近して、はじめて南九州を攻撃する米機動部隊を襲う攻撃二六二飛行隊、攻撃四〇六飛行隊および攻撃五〇一飛行隊からなる二十八機の「菊水部隊銀河隊」――。

三月二十七日の沖縄周辺の米機動部隊を、黎明に攻撃する攻撃五〇一飛行隊「第一銀河隊」の五機――。

四月二日の九州南西洋上の米艦船を、黎明に攻撃する攻撃五〇一飛行隊の「第二銀河隊」の一機――。

四月三日には沖縄南方洋上の米艦船を薄暮に攻撃する攻撃二六二飛行隊「第三銀河隊」の三機――。

四月七日午後には、南西諸島方面の艦船を攻撃する攻撃二六二飛行隊および攻撃五〇一飛行隊の四機からなる「第四銀河隊」――。

四月十一日夕刻に喜界島南方洋上の米機動部隊を襲う攻撃二六二飛行隊および攻撃五〇一飛行隊の五機からなる「第五銀河隊」――と続いた。

そして第五航空艦隊は四月十四日に、次のような命令を麾下航空部隊に発する。

菊水部隊天信電令作第一三一号（機密第一四〇八一九番電）
六〇一部隊及ビ二五二部隊指揮官ハ各々戦闘機特攻隊各十二機（計二十四機）ヲ
七六二部隊指揮官ハ銀河特攻隊（三一爆弾携行）十機ヲ編成菊水三号作戦ニ備フベシ

なぜか「銀河」には三十一号爆弾を搭載するように、わざわざ指示されている。三十一号爆弾とは攻撃二六二飛行隊の友隊、攻撃五〇一飛行隊がサイパン爆撃に使用した、夜間に爆弾頭部から光を投射して、その反射光を受け駐機する航空機の頭上で爆発させる有眼信管と名づけられた信管を付けた地上攻撃用の爆弾である。すでに司令部にも狂気のような混乱が生じていたのであろうか……。

第六銀河隊出撃

菊水三号作戦は四月十六日に発動が予定され、爆装した九七戦闘機や九八直協、九九高練などの旧式機を含む、百七十機におよぶ陸海の特攻機が沖縄周辺の米艦船への突入を命ぜられるのである。

特に六〇一部隊（六〇一空）と二五二部隊（二五二空）の零戦と七六二部隊（七六二空）の

陸上爆撃機「銀河」で編成される特攻隊は洋上で行動中の米機動部隊に向けられた。

この頃の沖縄本島の戦闘状況は、痛ましい犠牲をはらわせられた沖縄県民に、後世にわたり特別の配慮を訴える人情味あふれる電文――「沖縄県民斯ク戦ヘリ　県民ニ対シ後世特別ノ御高配ヲ賜ランコトヲ」を打電する大田実海軍少将が、次のように報告している。

「四月十三日迄ノ被害ハ家屋破壊一二三〇七、首里市及沿岸部落ノ建物ハ殆ド潰滅……」

日本軍の防御ラインは南へ南へと後退していった。

四月十六日、菊水三号作戦は予定どおりに発動された。午前十時すぎ第五航空艦隊は宮崎基地の七六二空に対して特攻隊の発進を命ずる。目標は喜界島南東洋上に行動中の米第五十八機動部隊であった。

七六二銀河特攻隊準備出来次第発進

〇八三五喜界一五〇度七〇浬及一五五度五〇浬ノ敵機動部隊ヲ攻撃スベシ

午前十時二十六分から宮崎を発進して、帰らぬ攻撃行に飛び立ったのは「神風特別攻撃隊第六銀河隊」と命名された攻撃二六二飛行隊の、「銀河」八機からなる特攻隊であった。

空母艦攻隊の伝統を受け継いだ攻撃二六二飛行隊は、ウルシー泊地への特攻攻撃を敢行した「梓特別攻撃隊」を編成したあとも、残存した主力搭乗員を特攻攻撃で失い、ほぼ潰滅状態にあった。この日が攻撃二六二飛行隊にとって、実質最後となる出撃である。一区隊二番機の出山上飛曹機ペアは、「梓隊」の一機として出撃、暗闇のウルシー上空から再起を期して引き返し、ヤップ島に不時着した搭乗員たちである。

攻撃二六二飛行隊整備員の大沢袈裟善さんは、

「いつまでもいつまでも、手を振って送る……」と回想する。

そして八機は決別電を発して、沖縄の空に消えていった――。

俺は死にたくないんだ……

東京都文京区小石川、源覚寺――こんにゃく閻魔と呼ばれ、明治の女流作家・樋口一葉の「にごりえ」にも書かれる江戸時代に開山した寺院である。三好祐昭住職が飛行予備学生十四期（銀河偵察搭乗員、慶応大学）の出身であったことから、予備学生グループの慰霊祭が行なわれることが多い寺院でもある。

戦後、五十年を経て源覚寺で行なわれた攻撃二六二飛行隊の慰霊祭の席上、浪上照夫さん――攻撃五〇一飛行隊で、一時は特攻隊（第一菊水隊）に編入され、別盃のお代りを所望したほどの猛者である――飛行予備学生十三期、東京高等工芸（現・千葉大工学部）出身は静かに語っている。

第六銀河隊で出撃した薬真寺靖少尉（飛行予備学生13期）の和歌山高等商業学生時代の写真。上は昭和17年7月、所属する陸上競技部の関西インカレ２部優勝時の写真（後列右から４人目）。左は卒業アルバムより〈川本稔〉

「私は、『誰にも言ってくれるな』という彼との約束を、半世紀のあいだ固く守ってきました。いま彼との約束を破るのは、特別攻撃隊という美名の陰で、彼のように青春を懐に抱いて散華していった純粋な若者がいたことを、後世に残しておきたかったからです。いまも空を見上げると、彼らの顔が瞼に浮かんできます。とても辛いです……」

この彼というのは、第六銀河隊で戦死した薬真寺靖少尉（飛行予備学生十三期、和歌山高等商業〈現・和歌山大学経済学部〉出身）のことである。

薬真寺少尉の和歌山高等商業のクラスメイトである、川本稔さんは次のように回想する。

「彼は和歌山の海草中学出身、陸上競技の選手で、当時としては背が高く（百八十センチ位）、粋で軟派の男前、学年でも人気者でした」

さらに、ともに陸上部で汗を流し、飛行予備学生十三期生として海軍に入隊した神崎常夫さん（終戦時は土浦空）は、和歌山高商十九回生卒業五十周年記念誌『名草ケ丘の友』に、「彼とは二年半の間、陸上競技部で青春を共に過し、毎日放課後はグランドで練習に快い汗を流した仲間である。

其頃、次第に食糧難になりつつあったが、彼が持って来て呉れる蒸しイモを練習後に一同車座になって、楽しく語らい共に頂くこともあった。彼は背も高く風貌も勝れ、常に目立つ部員で、〝薬（やく）さん〟と皆から親しまれる存在であった――」と述懐している。

浪上さんの話を続けよう。

「四月十六日の朝、宮崎海軍飛行場の周辺に広がる田園はレンゲの花がピンクのカーペットを一面に敷き詰めたように咲き乱れていました。これから特攻出撃する同期生、橋本誠也中尉、大河原誠少尉そして薬真寺靖少尉と彼らを見送る私は、滑走路北側の田園でレンゲの絨毯を座布団がわりにして座っていました。

若人として始まったばかりの人生を、無理矢理に閉じねばならない、特別攻撃という不合理に、それぞれ納得した彼ら三名と寸時の談笑をしていたのです。

頬を吹き撫でる風が、心地よかったことが、いまでも思い出されます。

『銀河』がエンジンの轟音を響かせながら掩体壕から農道を一列縦隊となって、整備員によって、ゆっくりと飛行場西端に導かれつつありました。それは出撃が間近いことを意味しています。その時、左隣りにいた薬真寺少尉が、他に聞こえぬように小声で、私の耳元にささやきました。

『俺は死にたくないんだ。出来ることなら生きていたい。覚悟はしているんだが、俺は母ひとり、子ひとりでね。母がいまひとりで和歌山にいる。俺が死んだら、どうやって生活していくんだろう。それを思うと死にたくないんだ……』

彼の目には、うっすらと光るものがあった。特攻へ出発する彼が、寸前にささやいた一言に、思ってもいなかった私は、とっさに言葉が出ず、彼の顔を見つめてしまいました」

「にっこり笑って出発するぜ」

出撃の前夜、薬真寺少尉は、飛行隊要務士の伊東一義少尉（飛行予備学生十四期、東大）にも別れの酒を飲みながら胸の内を明かしている。

伊東さんは、

「私自身、特攻とは命令として許される作戦ではないと考えている。それは人間に対する罪であり、決してあってはならない戦いである。これを戦術として際限も無く続行した陸海軍の指導部に対して、私は今日もなお、深い憤りを感ずる」と、同夜を振り返る。

「この夜、同室者として誰が居たのか、いなかったのか定かではない。しかし、薬真寺少尉が、私に対して親しく語りかけてくれたと思っている。その話の内容は六十余年経ったが、いまでも覚えている確信がある。それほどに薬真寺少尉の話は胸にしみるものがあった……」

薬真寺少尉機の操縦員・北島治郎飛行兵長〈北島秀幸〉

そして伊東さんは、薬真寺少尉の言葉を次のよう回想する。

「伊東くん聞いてくれ。俺はこの命令で出撃したくないんだ。命が惜しい、それは当たり前だが、そんなことではない。未練に言うんじゃないが、この出撃は全く無意味に終わると思うからだ。

操縦の北島兵長――こいつはいい奴だ。可愛い部下だ。ただ『銀河』でどのくらい習熟訓練を受けたのか。この宮崎や築城を、空襲を避けて逃げ回りながら、落ち着いた訓練、計画的な習熟飛行などの暇はなかったろう。

そのうえ八百キロ爆弾を積めという、うまく離陸できるだろうか。まあうまく行ったとする。それから俺の航法指示に従って正確にコンパスを維持しなければならん。少々こころもとない。しかし沖縄へは島々があるから、なんとかなるだろう。ただ、沖縄まではグラマンが分厚い防御網をひいている。その中を八百キロを抱いて、突破できるだろうか……。まず見込みはないと思う。仮に突破できたとする。最後の難関は、『銀河』の特性として、浮き上がるクセがある。最後まで突入姿勢を保つのは若いパイロットではとても無理だ。また三十度以上の急角度での突入も、速力が三百ノット以上になつて、機首が浮いてしまい、どんなに操縦桿を押さえても、押さえ切れずに真っ直ぐに突入できないと聞く。不可能という以外にない――つまり体当たりの可能性はゼロという訳だ。そういうことで全くの無駄だというんだ。だから俺は行きたくないんだ。しかし俺は男だ、明日の攻撃には、にっこり笑って出発するぜ。それは心配するな」

薬真寺少尉は、噛んで含めるように説明した。伊東さんは「しっかり頑張って下さい」と答えるほかに言葉を持たなかった……。

ふたたび浪上さんの話をつづけよう。

「薬真寺少尉の『俺が死んだら、母はひとりでどうやって生活していくんだろう……』という、母を思う子の真実の声を聞いて、私は返事に窮して、慰めともつかぬ、ありふれた言葉を返すのが精一杯でした。

『うん、納得はしているんだよ。だが、いざとなったらつい愚痴になってしまった。ありがとう、いまの話は無かったものと忘れてくれ。また誰にも言ってくれるな……』

薬真寺少尉は立ち上がりながら、両腕を大きく空に向けて突き上げ、背伸びをした。そして、私の手を固く握って、

『そろそろ行こうか、世話になったな。出撃の時間が近いな』と言って、指揮所の方に歩き

出しました。

やがて彼らは轟音を響かせて、帽子を振って見送る私たちを後にして、南の空に消えていきました。こうして、私は彼らと二度と会う機会を失ってしまったのです」

この日の天気図には黄海から九州、南西諸島、本州南方に連なる大きな高気圧が描かれている。戦の空でなければ絶好の飛行日和であったろう……。

第六銀河隊からの通信

宮崎基地の通信室には、攻撃二六二飛行隊要務士の川本治夫少尉（飛行予備学生十四期、明大）が在室して、「銀河隊」からの通信を記録していた。目標に向かう第六銀河隊の打電した記録が残されている。

橋本誠也中尉機　一〇時二六分発進

一一時二七分「受信機故障」

三四分「志気旺盛」

四五分「敵艦上機見ユ」

一二時〇〇分「攻撃目標発見——ニケキル」

第六銀河隊編制表（昭和20年4月16日出撃）

	階級	氏　名	出　身	生年月日	年齢	出身地
1番機	操縦	本城勝志 二飛曹	丙16	大15.4.20	18歳	岩手県白山村
	偵察	橋本誠也 中尉	予13、徳島師範	大11.1.4	23歳	徳島県
	電信	佐井川正之 二飛曹	甲12	大14.1.1	20歳	福岡県京都郡
2番機	操縦	鈴木憲司 二飛曹	丙特11	大14.1.11	20歳	横浜市磯子区
	偵察	出山秀樹 上飛曹	甲10	大14.7.12	19歳	静岡県田方郡
	電信	高橋　豊 二飛曹	丙16	大15.10.10	18歳	島根県
3番機	操縦	北島治郎 飛長	特乙1	昭2.4.23	17歳	徳島県
	偵察	薬真寺靖 少尉	予13 和歌山高等商業	大11.4.7	23歳	和歌山県
	電信	中村行男 二飛曹	甲12	大14.1.25	20歳	茨城県行方郡
4番機	操縦	西兼　登 二飛曹	特乙2	大15.1.9	19歳	山口県大島郡
	偵察	斉藤三藤 一飛曹	乙17	大15.5.12	18歳	群馬県勢多郡
	電信	中西克己 一飛曹	乙17	大15.8.7	18歳	和歌山県海南市
5番機	操縦	金内光郎 二飛曹	甲12	大15.11.20	18歳	山形県酒田市
	偵察	大河原誠 少尉	予13、東京農大	大10.11.7	23歳	山形県米沢市
	電信	光石昭通 二飛曹	甲12	昭2.3.11	18歳	岡山県津山市
6番機	操縦	冨士田冨士弥 飛長	特乙2	大15.3.29	19歳	大阪府
	偵察	波多野進 一飛曹	丙11	大12.10.16	21歳	新潟県新発田町
	電信	頼元健次郎 二飛曹	甲12	大14.11.3	19歳	岡山県津山市
7番機	操縦	大西月正 飛長	特乙2	大15.3.12	19歳	北海道芦別
	偵察	植垣義友 上飛曹	13期飛練	大10.1.15	24歳	鳥取県
	電信	藤谷成美 二飛曹	甲12	大15.11.14	18歳	名古屋市
8番機	操縦	本山幸一郎 一飛曹	丙8	大12.1.2	22歳	高知県
	偵察	道又重雄 上飛曹	甲10	大14.5.4	19歳	岩手県盛岡市
	電信	久野朝雄 二飛曹	甲12	大15.9.2	18歳	長崎県佐世保

※平均年齢19.6歳、最年少17歳、最年長24歳

　　一四分　長符発信

出山秀樹上飛曹機　一〇時二六分発進

一〇時三五分「脚収マラズ引返ス」

一二時二〇分「戦場到達予想時刻一二五五」

三八分「攻撃目標空母二」

四三分「敵艦上機見ユ　我今ヨリ空母ニ必中突入セントス」

四四分三〇秒　長符連送

薬真寺靖少尉機　一〇時三二分発進

一二時〇四分　長符送信

斉藤三藤一飛曹機　一〇時三二分発進

一二時一五分　長符（約一〇秒）ヲ送信

大河原誠少尉機　一〇時三六分発進

一二時一六分　長符（約一〇秒）送信

波多野進一飛曹機　一〇時三六分発進
一二時一六分　長符（約二〇秒）送信
植垣義友上飛曹機　一〇時三九分発進
一二時三四分　長符（約一〇秒）送信
道又重雄上飛曹機　一〇時四〇分発進
一二時四七分「敵艦上機見ユ」后連絡ヲタテリ

米軍記録に残る第六銀河隊の最後

そして第六銀河隊と識別される日本機と、米戦闘機隊との交戦記録を付き合わせることができる。

・正午ごろ、喜界島の南東洋上百二十マイル付近（米機動部隊の南東七十マイル付近である）空母「ホーネット」のVF－17に属する、ウエルナー　H・ガレイシュ中尉――フランシス（銀河）を撃墜。

同じく、チャールス　E・ワッツ中尉——フランシス（銀河）を撃墜。

・正午ごろ、喜界島の南方洋上四十マイル付近（米機動部隊の北方二十マイル付近である）——

空母「ヨークタウン」のVBF－9に属する、ロジャー　J・ギル少尉——ペギー（四式重爆）を撃墜。

・午後十二時五分ごろ、喜界島の南方洋上四十マイル付近（米機動部隊の北方二十マイル付近である）——

空母「ヨークタウン」のVBF－9に属する、ロバート　M・クリガード中尉——フランシス（銀河）を撃墜。

・午後十二時三十分ごろ、喜界島の南方洋上三十マイル付近（米機動部隊の北方十マイル付近である）——

空母「ベニントン」のVF－82に属する、ゲラード　R・フレッツア少尉——アービング（月光）を撃墜。

・午後一時ごろ、喜界島の南東洋上十マイル付近（米機動部隊の北方四十マイル付近である）——

空母「ベニントン」のVF－82に属する、オービル　O・クリーベ少尉——ニック（二式複戦）を撃墜。

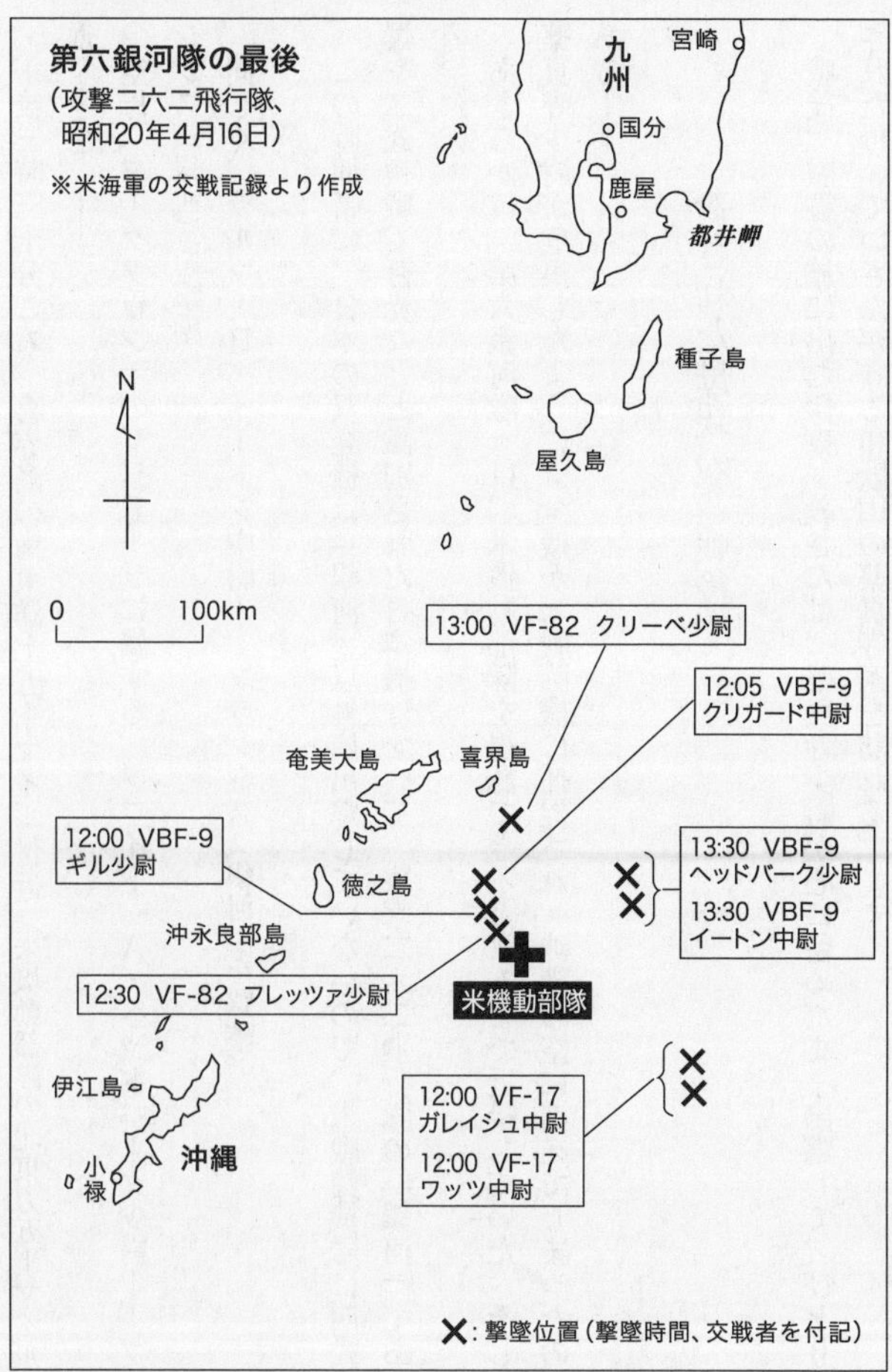
第六銀河隊の最後
(攻撃二六二飛行隊、
昭和20年4月16日)
※米海軍の交戦記録より作成
九州
宮崎
国分
鹿屋
都井岬
種子島
屋久島
N
0
100km
13:00 VF-82 クリーベ少尉
12:05 VBF-9
クリガード中尉
奄美大島
喜界島
12:00 VBF-9
ギル少尉
徳之島
13:30 VBF-9
ヘッドバーク少尉
13:30 VBF-9
イートン中尉
沖永良部島
12:30 VF-82 フレッツァ少尉
米機動部隊
伊江島
12:00 VF-17
ガレイシュ中尉
12:00 VF-17
ワッツ中尉
沖縄
小
禄
×: 撃墜位置(撃墜時間、交戦者を付記)

・午後一時三十分ごろ、喜界島の南東洋上五十マイル付近（米機動部隊の北東方五十マイル付近である）——

空母「ヨークタウン」のVBF－9に属する、フロイド　A・ヘッドバーク少尉——フランシス（銀河）を撃墜。

同じく、ラルフ　H・イートン中尉——フランシス（銀河）を撃墜。

この時間帯に、日本の双発機は「銀河」以外に出撃していないので、米戦闘機隊に四式重爆や二式複戦、月光などと識別された日本機はすべて、攻撃二六二飛行隊の「銀河」であろう。

あきらかに「第六銀河隊」は、米機動部隊を視認できるところまで近接していた。そして薬真寺少尉が危惧したように、全機が米戦闘機に捕捉され、沖縄の空に消えてしまったのである——。

遺された母親の〝戦後〟

戦後、慰霊の旅に出た伊東一義さんは、薬真寺少尉が心に留めたまま出撃して、ひとり残された母・ていさんが守る和歌山の薬真寺家を訪れる。

伊東さんは次のように回想する。

「昭和四十一年八月に突然、和歌山の薬真寺少尉のお母様から手紙をいただいた。お手紙によると、『梓特別攻撃隊』で戦死された十三期飛行予備学生出身の高久健一少尉のお父上（高久彦太郎さん）から、私を教えられ、戦後二十一年経ってのお手紙であったという。

そのお手紙――昭和四十一年（一九六六年）八月三十一日付けの薬真寺テイさんから、寄せられた書簡は、次のように綴られていた。

『突然、御手紙をさし上げます失礼を御許し下さいませ。私は薬真寺靖の母で御座います。――息子、貴方様に何かと愚母、私の事を懇願致しました由、母として追憶の情、又新たなる思で御座います。二十一年の年月に夢と流れ過ぎしも、親として母として忘却のかなたへさりがたく、此の思いは到底人様には判って頂けないと思も致します。

――戦死公報二十一年三月七日頂き、其後、私には何の手向けも出来かね、今日に至って居ります。――人の世は紙より薄き人情に、全く寄辺も無き孤独の寂びしさに耐え忍ぶにも、限りあるを痛感致し居ります』

私はこのお手紙をいただき、申し訳ない思いで一杯であった。戦後に、ぼつぼつご遺族をお訪ねしたことはあったが、いつの間にか戦争の思いは遠くなり、生活に追われたこともあって、ご遺族への訪問はごく限られた方たちのお宅に行っただけで終わっている。和歌山は行ったことがない土地であったが、それほど困難ではなくご住所を探し当てることが出来た。そして私は驚き、今まで戦後二十年の期間があったのに、手紙で声をかけることもせず、全く放置していたことに、同じ攻撃二六二飛行隊の先輩というより戦友である戦死者への申し訳なさで胸をつかれた……。

お母さんは、たった一人で孤独な老婦人として暮らしておられた。家は小さな二軒長屋の一軒――たしか六畳と四畳半の二間が畳の部屋で、出入り口は半分土間と半分板張りの台所となっていた。一見して貧しさがわかるお住まいに、胸をつかれる思いであった。

六畳間にある家具は、古い応接台と、古い衣桁だけで、壁の棚の上には小さな仏壇がひとつ、まず私は仏壇に手を合わせた。万年床と思われる、敷かれた寝具は、お母さんが病気がちなことがわかる。枕元には小さな携帯ラジオと、病院から貰ってきたのであろうか、数冊の雑誌……。四畳半には少し古いが足踏みのミシンがあるのみ。

台所にはニクロム線の電熱器がひとつ見えた。炊事の全部をこれでされるのであろう。隅にある冷蔵庫は、この頃には普及していた電気冷蔵庫ではなく、氷で冷やす冷蔵庫であった。ひとり暮らすお母さんの苦境に言葉もなかったが、会話をするうちに、どうにもならない悲しみで胸が一杯になっていった……。

まず、台湾からやっと引き揚げてこられたご主人は、リュックサック一杯の荷物を担いで家の外から大声で、『靖、いま帰ったぞ』と入ってこられた。そして息子の特攻死を聞いて、土間に崩れ落ちて号泣されたそうだ。

それからしばらくして、仕事を探しに東京に向かったご主人は、途中で脳溢血のために急死された。当時の国内事情がそういう時代であったが、その死は行路病人の死として扱われ、その知らせがお母さんに届いたのは一年後であったという。

その後の生活はお母さんひとり、その淋しさ、悲しさは想像もつかないが、昭和二十年代の後半に軍人遺族扶助料が制定されるまでは無収入――。たったひとりの女の身で、どうやって乗り切られたのか……。家具などもひとつひとつ売って、食料に換えられたのか……。決して十分な金額ではないものの、遺族年金受給でやっと一息つかれたのか……。

そのような暮らしで心労、淋しさが重なってお母さんは心臓を痛められた様子であった。幸い近くに、しっかりした公立病院があり、行き届いた看護を受けられるようになって入退院をくり返す生活を送られていたようである。そんな時に、私が訪問したのであった。そして私は、つらい話をしっかりと聞くことができた。ただ、薬真寺少尉出撃時の状況は、ほとんど話さなかった。

ただ『お母さんのことを思うと、行きたくなかったでしょうね』と話すことだけが、私に許されたすべてであった。

私は、何時間かのあと『帰ります……』と言って別れたが、お母さんは私の手を握って『もう少しおって下さい』と繰り返されるばかりであった……」

沖縄の空に消えた第六銀河隊の二十四名、最年長は妻子を残して出撃した植垣義友上飛曹の二十四歳、最年少は北島治郎飛長の十七歳——平均年齢十九・六歳の若人たちであった。

定点気象観測船の戦い

旧海軍のオンボロ海防艦で超大型台風に挑んだ男たち

洋上の定点で交代のために近づいてくる「新南丸」。「生名丸」より撮影〈寺嶋昌幸〉

北方のX点と南方のT点

マンボー刺そうか　シイラを釣ろうか
今日も定点　波風まかせ
しぶくデッキに　野帳をとれば
どこで鳴くやら　浮寝鳥

――定点気象観測員が歌ったズンドコ節である。（野帳：気象観測データを記入するノート）
定点気象観測――昭和二十二年（一九四七年）十月から昭和五十六年十一月まで、南北の定点（三陸沖の北方定点――X点＝Xray のちにExtra＝と称された北緯三十九度、東経百五十三度で昭和二十八年十一月に廃止された。および四国沖の南方定点――T点＝Tare のちにTango＝と称された北緯二十九度、東経百三十五度で昭和二十三年九月から開始された）に観測船を配備して行なわれた、高層気象をふくむ洋上での気象観測である。
この気象観測業務は台風の中で、荒れ狂う北方の海で、定点の周辺十海里から五十海里を漂泊しながら休むことなく続けられ、貴重な洋上での気象観測データを打電して、天気予報に貢献した。

現代のように気象衛星や気象用レーダーの完備されていない時代のことであった。

そして、この過酷な任務にあたった観測船は旧海軍の鵜来（うくる）型、御蔵（みくら）型の海防艦五隻が交代でつとめ、その乗組員の多くは太平洋の戦いを体験した船乗りたちであったことは、ほとんど知られていない。

さらに、当初の高層（約三万メートル付近）気象観測用ラジオゾンデは、旧陸軍の三式温湿発信器や、それを改良したS43Kラジオゾンデが使用されていた。

東京恵比寿（えびす）にある、防衛省・防衛研究所史料室（平成二十八年に市ヶ谷に移転）には、次のような一通の連合軍指示が所蔵されている。

一九四七年（昭和二十二年）十一月一日
発：米極東海軍部隊指揮官
宛：運輸省、第二復員局
経由：東京終戦連絡中央事務局

気象用艦船として使用する為、護送駆逐艦四隻を移管する件

一　第二復員局が、左に列記された舊（きゅう）海軍艦艇を気象用艦船として使用する為に移管する

「新南丸」。元鵜来型海防艦「新南」、のち「つがる」に改名〈気象庁〉

「鵜来丸」。元鵜来型海防艦「鵜来」、のち「さつま」に改名〈気象庁〉

「竹生丸」。元鵜来型海防艦「竹生」、のち「あつみ」に改名。長谷川礼三撮影〈庄山卓爾〉

「生名丸」。元鵜来型海防艦「生名」、のち「おじか」に改名〈気象庁〉

煙突後方にあるラジオゾンデを上げるための放球設備が改造された「生名丸」〈寺嶋昌幸〉

「志賀丸」。元鵜来型海防艦「志賀」、のち「こじま」に改名〈気象庁〉

ことを茲に認可する。

新南（しんなん）
鵜来（うくる）
竹生（ちくぶ）
生名（いくな）

二　新南は一九四七年十一月一日頃移管し又其他は設備全部を船内に据付けた時移管すること。

三　第二復員局は米極東海軍部隊指揮官に全船舶を移管したらば、其旨を報告すること。

生まれ変わった五隻の海防艦

太平洋の戦いが終わってまもなく、当時の中央気象台（現在の気象庁）・藤原咲平台長は戦時中の気象要員が、食糧難時代に路頭を迷うことを恐れて、陸海軍気象関係の軍人・軍属の希望者全員を定員外として、気象台に収容することを表明して、中央気象台の増強に奔走したといわれる。

その一環として藤原台長は、海洋資源の開発が急務であることを説き、昭和二十二年一月七日の閣議で「海洋気象業務の強化」が決定された。そして占領軍に、旧海軍の海防艦を観測船として、譲渡するように要請した。

その結果、占領軍は、まず十月二十二日までに北方定点の観測を実施するように命令した。第一船として戦禍をまぬがれた中央気象台の「凌風丸」が、十月十六日に出港する。

そして逐次、海軍時代の艦名に「丸」が付けられた海防艦が移管され、翌年の八月三十日には、台風期間のみ南方定点にも観測船の出動が命令された。

この昭和二十二年から二十三年の社会情勢をひもといてみると――。

GHQの統治下にあった、戦禍の跡が残る国内の食料不足、就職難とインフレは深刻で、GHQはララ（Licensed Agencies for Relief Asia：アジア救援公認団体）物資と呼ばれた、食料を緊急に放出した。

切り替えにともなう新円が大量に発行され、南氷洋からは貴重な蛋白源となった戦後初の捕鯨船団が帰港した。新しい学制、六・三・三制となり公立の小中学校は男女共学となり、教科書も全面に改訂された。

日本聖公会の信徒であった沢田美喜は、神奈川県大磯町に、駐留軍将兵と日本人女性の間に生まれ、置き去りにされた混血児の養護施設「エリザベス・サンダース・ホーム」を開園する。ベストセラーは『斜陽』（太宰治――昭和二十三年六月に自殺）、はやり歌は「星の流れに」「山小屋の灯」「異国の丘」などであった。

南方定点の第一船は「竹生丸」であった。昭和二十五年からは通年観測がはじまり、「志賀丸」が加わって、海防艦から変わった観測船は五隻となる。

昭和二十六年十月一日現在における観測船の乗員名簿が、気象庁に残されている。それによれば主要な職員は、

【新南丸】
船長：田中嘉平治技官（海兵五十一期）
一等航海士：藤野龍彌技官（海兵七十二期）
機関長：新井信雄技官
気象長：矢木秀雄技官（気象技術官養成所）

【鵜来丸】
船長：谷口俊雄技官（海兵五十期）
一等航海士：飯田久世技官（海兵五十五期）
機関長：八木岡忠雄技官（海機五十二期）
気象長：倉上国富技官（気象技術官養成所）

【竹生丸】
船長：山名寛雄技官（海兵五十五期）
一等航海士：白川　潔技官（海兵七十二期）、当初は宇都宮道春技官（海兵六十九期）

機関長：斉藤利光技官
気象長：三浦三郎技官（気象技術官養成所）、当初は星為蔵技官

【生名丸】
船長：寺嶋昌善技官（海兵五十期）
一等航海士：渡辺清規技官（海兵七十一期）
機関長：土屋太郎技官（海機四十五期）
気象長：尾形　哲技官（気象技術官養成所）、当初は能澤源右衛門技官

【志賀丸】
船長：田ヶ原義太郎技官（海兵五十期）
一等航海士：宇都宮道春技官（海兵六十九期）
機関長：蓑田睦夫技官
気象長：星　為蔵技官（気象技術官養成所）

「新南丸」の田中嘉平治船長は、航空戦艦「日向」最後の副長を務めた人である。「鵜来丸」の谷口俊雄船長は、三重航空隊副長兼教頭の経歴がある。飯田久世一等航海士は気象の専門家で、昭和十七年八月には第三艦隊気象長として、空母「翔鶴（しょうかく）」で南太平洋海戦を戦い、その後も海軍の気象業務にたずさわり、終戦時には水路部にあった水路図誌や観測

山名寛雄船長〈庄山阜爾〉

寺嶋昌善船長〈寺嶋昌幸〉

データの焼却を阻んだ人でもある。

「竹生丸」の山名寛雄船長は、開戦時から駆逐艦の艦長として、太平洋を駆け巡った人で、昭和十九年十二月二十六日の「礼号作戦」では、木村昌福少将の座乗する駆逐艦「霞」の艦長として、ミンドロ島突入作戦、昭和二十年四月七日には戦艦「大和」の沖縄海上特攻作戦に、防空駆逐艦「冬月」の艦長として参加するなど歴戦の駆逐艦長であった。

「生名丸」寺嶋昌善船長は、昭和三年に航海学生恩賜で海洋気象の専門家である。終戦時には海軍気象部第二課長を務めた。

パトリシア台風の猛威

南北に向かった観測船にとって、穏やかな洋上では、マグロが海洋観測器のワイヤーにからみ付いて巻き上げられ、思わぬご馳走にありついたり、マンボーに手モリを投げて追ったりする楽しみもあったが、北方定点における観測業務は、特に冬期の猛烈に発達した低気圧による、長時間の暴風雨との戦いでもあった。

北方定点にあった「生名丸」は、昭和二十五年一月十日に九州から東北にかけて死者十一、行方不明百余名を出した、猛烈に発達した低気圧（最深気圧は九百三十四ヘクトパスカルと記録される）に遭遇、最低気圧九百五十五ヘクトパスカル、最大風速三十一メートル、波高十二メートルを観測して、二十メートル以上の暴風は連続九日にもおよんだという。

海防艦時代の「生名」は昭和二十年四月十日夜に、長崎の西方洋上で米潜クレヴァレ（Crevalle）の雷撃を艦首に受け損傷しており、僚船の乗組員は「生名丸」の荒天での行動を心配したという。

「鵜来丸」は昭和二十五年九月二日夕刻に、T点付近で北上する台風二十八号（ジェーン台風）に遭遇した。最大風速二十六メートル、最大波高八メートルを観測したが、激しく揺れ動く船内で高熱を発して病床についていた原田稔技官の病状が悪化し、六日未明に殉職するという悲しみの航海でもあった。

「竹生丸」に乗船して、昭和二十四年一月から二十八年六月まで南北定点での気象観測に従事した、気象庁ＯＢの庄山卓爾さんは次のように回想する。

「思い出は尽きませんが、当初は機材も十分ではなく、高層観測用の水素ガスを注入したラジオソンデは温度、湿度、気圧測定用の観測機器と三本の長いアンテナを付け、アンテナが放球時にぶつかって折れないか、ヒヤヒヤしたものでした。

気象庁OBの庄山卓爾技官〈庄山卓爾〉

昭和二十四年十月二十七日から二十八日にかけてT点にいた『生名丸』とX点の『竹生丸』が、同じ台風（パトリシア台風）に直撃されたこと。『生名丸』には米軍からも感謝状が出ましたね。『竹生丸』は遭難漁船の救助に向かい、一時的にX点から離れました。

＊このパトリシア台風（当時は米軍の呼称、女性名が付けられていた）の観測値として、南方定点の「生名丸」は、台風進路の西側、中心から百三十キロ付近で、最大風速五十メートル、最低気圧九百八十一ヘクトパスカル、波高十二メートル、船体のローリング五十度を、また北方定点の「竹

HEADQUARTERS
2143D AIR WEATHER WING
APO 925

WGD 230 CMO 22 Nov. 1949

SUBJECT: Commendation
THRU: Director
Central Meteorological Observatory
Otemachi, Chiyoda-Ku, Tokyo, Japan
To: Captain of the "Ikuna Maru"

1. You are hereby commended for the effective and efficient manner in which you performed your assigned mission during the period 28 – 29 October 1949.

2. When the center of Typhoon "PATRICIA" approached Ocean Weather Station "Tare", you calmly moved your ship 100 miles to the northwest and returned to position which resulted in continuous variable weather observations from a critical area. These reports enabled both the occupational and Japanese weather services to accurately forecast the trajectory and intensity of the Typhoon. In so doing you and your crew displayed courage in the face of immediate personal danger and much foresight in the performance of your duties.

3. Your actions and the efficient works of your crew reflect much credit upon yourself, your crew and the Central Meteorological Observatory.

4. I request that a copy of this commendation be transcribed in Japanese and read to the crew of the Weather Ship "Ikuna Maru".

THOMAS S. MOORMAN JR.
COL. USAF
COMMANDING

台風観測後に「生名丸」へ出された米軍の感謝状の写し〈寺嶋昌幸〉

星気象長と、出航の見送りに来た娘たち。手前は次女・貞子（ていこ）さん（左）と三女・亨子（ながこ）さん、中央は四女・仁子（じんこ）さん、右後ろは長女・元子（ちかこ）さん。昭和36年7月31日、東京〈鈴木仁子〉

定点観測船一筋、気象台きっての荒武者と呼ばれた星為蔵気象長〈宮下伊喜彦〉

生丸」は、台風進路の東側、中心から二百三十キロ付近で最大風速三十五メートル、最低気圧九百七十七ヘクトパスカル、波高八メートルが記録されている。

この頃の気象長は星為蔵さんで大酒飲みでしたが、少しも乱れることなく、飲んだ後でもドイツ語の辞書を片手に原書を読むという荒武者でした……。

次は、昭和二十六年四月十二日から十三日にかけて『新南丸』との交代でX点に達したとき、急速に発達した低気圧の影響で、野菜倉庫が流失、帰る『新南丸』から乾燥野菜を貰ったこと、まもなく最大六十三度のローリングに会い、マストも折れたこと――。

昭和二十七年九月二十一日、T点の帰途、鳥島に寄って工事関係者を収容、まもなく明神礁の海中爆発に遭遇したこと――四マイル程前方の海面が盛り上がるようにして、次々と水中での爆発が見て取れました。低気圧が通過した後の北西風が強い日で水蒸気、火山灰が頭上に覆い被さるように拡がりました。噴煙は七千メートルの高さまで達したと言われています。日ごろから老練、冷静な山名船長が『おも舵一杯！　壊れぬ程度にエンジン一杯回せ』と令しました」

星為蔵気象長は福島県の出身——上京して立教中学校（現在の立教池袋中学・高等学校）から気象技術官養成所（現在の気象大学校）で学んだ。戦時中は満州国総督府観象台（気象台のこと）に、のちに富士山レーダーの実現に奔走する藤原寛人測器課課長（直木賞作家・新田次郎）らと共に勤務して、四年間ソ連に抑留された。

帰国して中央気象台に復帰後は、気象台きっての荒武者として、「台風が俺を呼んでいる……」と、定点観測船一筋に洋上の気象観測に従事した。

忘れえぬサムライたち

星気象長の初航海は昭和二十四年十月、「竹生丸」で北方に向かう三日間、猛烈な船酔いで、ベッドに倒れ込みながら天気図を書き、パトリシア台風の接近に、ベッドから飛び出して「台風眼を見せろ」と、山名船長に掛け合ったが断られ、机とロッカーの間で手足を踏んばって、台風の去るのを待つばかりという敗北感を味わった。

この苦い経験が、負けん気の強い性格をより燃え上がらせ、「気象庁きってのウルサ型――荒武者」といわれた。

後述するように、この荒武者が破顔一笑して感激する、ひとりの少女との出会いが関係者に語り継がれている。

星気象長は、自らの回想記で、

「南方定点では、観測船にツバメが翼を休めていくこともあれば、名も知らないまっ白な鳥が、ひと息入れていくこともある。モズに似た大鳥がたどり着いたが、精魂つきて客死したことがある。スズメの大群が南方定点まで来たことがある。トンボも定点に現れる。繊細な羽根をもって、よく数百浬の海上を翔破することは驚くべきことである」と、細やかな観察を記している。

「身を知る雨も過ぎ行けば、いつか憂ひの雲はれて、波の間に間に月かすむ。月を汲まうよ杯に、月を汲まうよ杯に」と、酒を愛し大自然の中に生きた荒武者は平成元年九月十三日、旅先で急逝した。享年七十八歳であった。

また「生名丸」の一等航海士を、昭和二十五年十二月から昭和二十七年二月まで務めた渡辺清規さんは、

「定点観測業務は、①毎時の海上気象観測、②一日二回のラジオゾンデ観測、③一日四回の

測風観測、④往航時に十ヵ所、定点においては隔日の海洋観測、⑤十五分ごと五分間のビーコン発射（北方定点）でした。寺嶋昌善船長――心の誠に穏やかな方で、酒をこよなく愛し、常に『花は半開、酒は微醺』と、静かに盃を傾けられる姿は、牧水の『白玉の歯にしみとほる秋の夜の、酒は静かに飲むべかりける』の心境ではなかったか……とお見受けしました」と、自著の勤務日誌を開いてくれた。

渡辺さんの初航海は、昭和二十五年十二月三日に東京港を出港して向かう、南方定点であった。「生名丸」にはペット代わり（？）の黒斑の大きな猫が乗船していた。天測を行ないながら十二月六日「凌風丸」と交代して、半そでシャツで過ごせる洋上で漂泊にはいった。

そして、冬の南方定点の荒天を、渡辺さんは次のように記載している。

「十二月八日、天気は次第にくずれ、夜がふけるに従って南よりの風が強くなった。マストは強風で悲鳴をあげ船体は打ち当たる波で、絶えず振動し二十度から三十度動揺を続けた。十二月十五日、未明から風が強くなり昼頃には二十メートル近くになった。左右三十度前後のローリングで、上甲板は間断なく海水の飛沫を浴びていた。雨も加わり、船体が左右に傾くたびに排水口から流れ落ちる海水は滝のようである。夜に入って雨は止み月も出て天気は回復した」

新聞が伝えた観測船の苦闘

昭和二十九年一月一日、すでに艦齢も十年を経過して老朽化が進んでいた観測船五隻と、大部分の乗組員は海上保安庁に移管され、船名も次のように改変された。

移管当初の船長と航海長は、

【新南丸↓つがる】舞鶴海上保安部
船長：田中嘉平治（海兵五十一期）
航海長：道家康之助（神戸高等商船航海科三十八期）
【鵜来丸↓さつま】鹿児島海上保安部
船長：谷口俊雄（海兵五十期）
航海長：南橋大介（神戸高等商船航海科三十九期）
【竹生丸↓あつみ】横浜海上保安部
船長：山名寛雄（海兵五十五期）
航海長：大蔵敏夫（鳥羽商船学校）
操舵長：三田（関谷）安則

【生名丸↓おじか】塩釜海上保安部
船長：飯田久世（海兵五十五期）
航海長：有村富雄（鹿児島県立商船学校）
【志賀丸↓こじま】海上保安大学校
船長：田ヶ原義太郎（海兵五十期）
航海長：許斐壇（神戸高等商船航海科三十六期）

この年から、五月から十一月に限り、南方定点業務の再開が決められ、海上保安庁の巡視船に中央気象台の職員が乗船することとなった。やがて、「あつみ」「おじか」「つがる」が交互に南方定点に向かうことになる。

五月十四日には、再開された南方定点観測の通算七十七次航海にあたる――「あつみ」が、東京の竹芝桟橋を出港した。そして「あつみ」ほど、「竹生丸」時代をふくめて、気象史上に名を連ねる大型台風と遭遇した観測船は他に類をみなかった。

代表的な例をあげると昭和三十三年九月二十七日午前一時、東京湾に停泊中、台風二十二号（狩野川台風）の中心附近に入り最低気圧九百六十九・七ミリバール、最大瞬間風速三十九メートルを観測した。

＊狩野川台風――九月二十六日夜半に伊豆半島をかすめて、二十七日〇時頃に江の島附近から三

〔上〕中央気象台の定点観測船５隻は昭和29年に海上保安庁に移管され、船名が変わった。写真は元「竹生丸」の巡視船「あつみ」〈海上保安庁〉〔左〕定点観測船から放球されるラジオゾンデ。昭和29年５月〈モデルアート社／海上保安庁〉

浦半島西部に上陸、激しい雨を降らせて伊豆半島中部を流れる狩野川が大洪水を起こし伊豆地方、首都圏を中心に死者・行方不明者千二百六十九名、負傷者千百三十八名という災害が生じた。

さらに、昭和三十四年九月二十六日早朝には、北上する猛烈な台風十五号（伊勢湾台風）の中心から二百八十キロ西方で、二十三メートルの強風と七メートル近い高波を観測した。

＊伊勢湾台風——九月二十六日午後六時三十分に最低気圧九百二十九・五ミリバール、最大瞬間風速五十メートル、二十五メートル以上の暴風半径五百キロという超大型の勢力を保ったまま潮岬西方に上陸した。満潮と重なった伊勢湾では空前の六メートルに近い高潮が来襲、名古屋市南部や周辺の工場地帯は壊滅状態となり、死者・行方不明者五千九十八名、負傷者三万八千九百二十一名の災害が生じた。

十月十八日夕刻には定点付近で、本州南岸を東北進する十八号の中心に突入、気圧九百七十九・一ミリバール（現在はヘクトパスカルと呼称する）と最大瞬間風速五十メートル、最大波高六・八メートルを観測した。

昭和三十六年九月十五日深夜には、定点付近で九州南方を北上する、猛烈な十八号（第二室戸台風）に遭遇、風速二十五・五メートルの強風と波高十二メートルを観測した。

＊第二室戸台風——九月十六日午前九時頃に室戸岬に上陸、最低気圧九百三十・九ミリバール、最大瞬間風速八十四・五メートル以上（室戸岬測候所の風速計は破壊され観測不能となった）を観測、午後一時過ぎには阪神間に上陸して、若狭湾に抜けた。昭和九年（一九三四年）に大災害をもたら

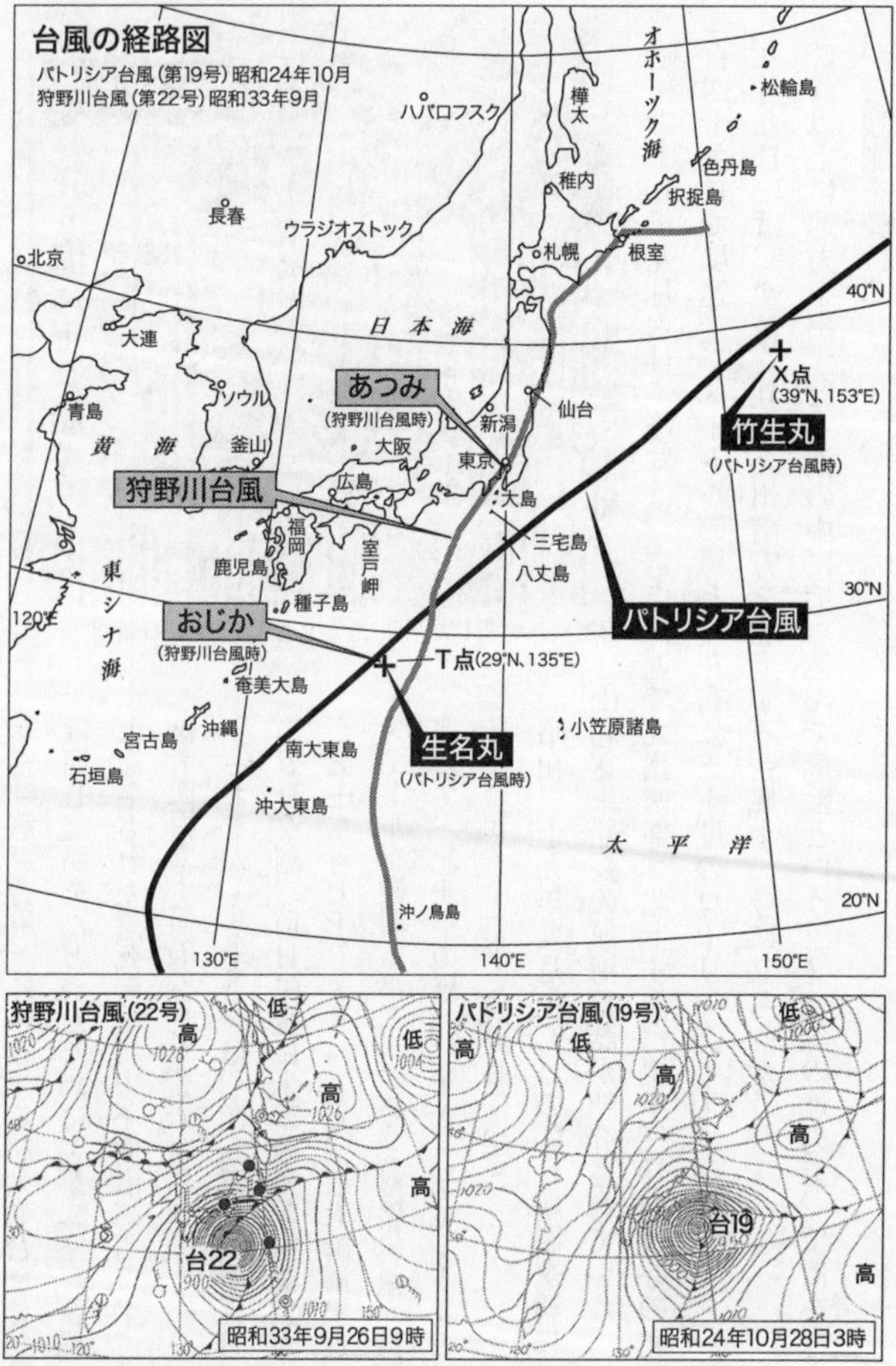

台風の経路図

パトリシア台風（第19号）昭和24年10月
狩野川台風（第22号）昭和33年9月

ハバロフスク
樺太
オホーツク海
松輪島
色丹島
択捉島
稚内
長春
ウラジオストック
札幌
根室
北京
40°N
日本海
大連
あつみ
（狩野川台風時）
X点
(39°N、153°E)
青島
ソウル
新潟
仙台
黄海
釜山
大阪
東京
竹生丸
（パトリシア台風時）
狩野川台風
広島
大島
福岡
三宅島
室戸岬
鹿児島
八丈島
東シナ海
30°N
種子島
120°E
おじか
（狩野川台風時）
パトリシア台風
T点(29°N、135°E)
奄美大島
沖縄
小笠原諸島
宮古島
南大東島
生名丸
（パトリシア台風時）
石垣島
沖大東島
太平洋
20°N
沖ノ鳥島
130°E
140°E
150°E

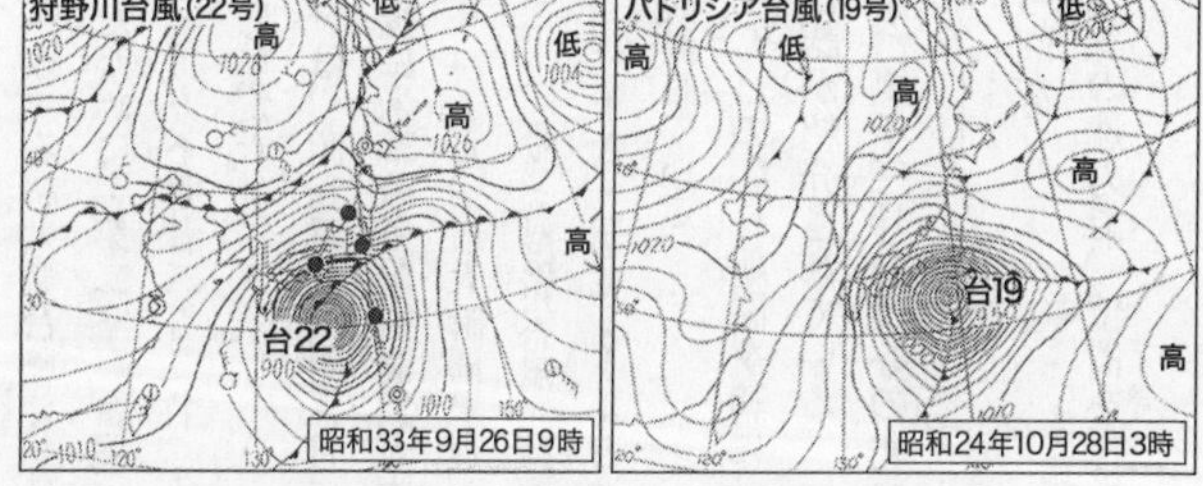

台風と取組む観測陣

狂う海にボロ船で

定点観測船「あつみ」必死の打電

無気味な灰色の雲

米気象観測機 12号の眼の上空へ

台風観測を報じた昭和29年9月13日付朝日新聞

した「室戸台風」に匹敵する超大型台風で、ほぼ同じ経路をたどったために「第二室戸台風」と命名された。死者・行方不明者二百二名、負傷者四百九十二名の被害が生じた。

＊「おじか（生名丸）」は、昭和三十三年九月二十五日夕刻、前日午後に米軍の気象観測機が中心気圧八百七十七ミリバール、最大瞬間風速百メートルを観測した二十二号（狩野川台風）に遭遇して、北北東の風、二十六・三メートルと波高九・五メートルを観測している。

昭和二十九年九月十七日の朝日新聞夕刊には、山名寛雄船長の航海日誌が紹介されている。

昭和二十九年九月六日午後には、定点付近で九州南部へ北上する台風十三号の中心の北東二百四十キロで風速十二メートルの風と、左右に三十度のローリング――。

九月九日には、ゆっくりと九州南方を北上する台風十二号に立ち向かう。

これ以上に速力を出すと、波の中に突っ込んで危険という三ノットの速力で、位置を保ちながら観測を続ける。

十一日には、最大瞬間風速二十三メートルを観測、十三メートルの波浪にサーチライトが吹き飛ばされる。安藤三郎操舵手が血を吐き、五十五度のローリングを観測、海水は滝のように船室に流れ込み、湿度は九十パーセント――「あつみ」は、あえて台風の東側（危険半円）に留まり、観測データの打電を続けた。

当時の朝日新聞、毎日新聞は、「狂う海にボロ船で　定点観測船『あつみ』必死の打電」「観測に苦闘した『あつみ』帰る　血を吐く乗組員も」「台風観測船『あつみ』帰る　台風に煙突も折る」と相次いで報じた。

米空軍のB－50気象観測機（グアムと横田を基地としていた）による、台風眼へ突入しての観測以外、詳細なデータを入手できず、中央気象台は台風の進路予想に苦慮していた。当時の中央気象台・伊藤博予報課長は新聞記者に、「定点気象観測船がもっと欲しい、ぜいたくかもしれないが……」と答えている。このように定点気象観測船は、文字通り必死の台風観測を続けたのである。

荒武者を泣かせた少女

九月十九日、前夜に御前崎付近に上陸して、伊豆半島、三浦半島から房総半島を横断した台風十四号も東海上に去って、台風一過の秋晴れの日曜日――祖母にともなわれ、清楚な夏

〔上〕「あつみ」操舵長を務めた三田安則さん〈三田安則〉。〔右〕「あつみ」を訪れた岡森しのぶさん（左）と宮下伊喜彦気象士、しのぶさんの祖母はるさん〈宮下伊喜彦〉

の制服――白ラインの襟元に、スクールカラーであるガーネット色の、ゆったりとしたスカーフを秋風になびかせた少女が、中央気象台の正門に立った。

東京・麻布鳥居坂下（現在の六本木五丁目）に明治十七年（一八八四年）に開校したミッションスクール、東洋英和女学院小学部の岡森しのぶさんであった。

当日の毎日新聞夕刊や翌朝の朝日新聞は、「いいお船を買って＝＝観測船〝あつみ〟の活躍に感激＝＝小学生が五千円差し出す」「受け取ったのは〝あつみ〟の星気象長、『ほんとに、うれしかった』と、気象台きっての荒武者といわれている星さんが、顔をクシャクシャとさせた」――と報じている。

大卒男子事務系会社員の平均初任給が一万二千八十七円、かけそば一杯が二十五円から三十円、ビールの大ビンが百二十五円、牛乳（二百ミリリットル）が十五円二十銭、銀座木村屋総本店の〝あんぱん〟が一個十円の頃の五千円であった。

「あつみ」操舵長をつとめていた三田（関谷）安則さんは、

「宮下伊喜彦気象士が、しのぶちゃんを紹介してくれました。その縁で東洋英和女学院のお嬢さんたちが『あつみ』を見学に来て、私が船内を案内したり、後に私が学校に南極観測の講演に行ったりした思い出があります。岡森さんと、家族同士のお付き合いもはじまりました」と、岡森しのぶさんとの出会いを語る。

そして学窓から、東京タワーの建設を見ながら過ごした岡森しのぶさんは、

「私は、朝の食事より新聞をしっかり読む子供でした。台風の中で活躍した『あつみ』がボロ船であることも知りました。ちょうど十九日が私の誕生日——父に聞いたら〝お金さえあれば、新しい船ができる〟というので、お友達と一緒にバースデーケーキを買って祝おうと貯金していたお金を（少し足してもらったかな！）、みんなで出し合えば、船ができると思って、気象台まで持って行きました。星さんが受け取ってくれました」

そして、男たちの新たな挑戦がはじまろうとしていた。

「生名丸」の渡辺清規航海士、「志賀丸」駒形登操舵手、佐鳥琴二甲板（こうはん）長、「鵜来丸」嘉保博道甲板長、「あつみ」関谷安則操舵長、松尾亮祐看護長、「つがる」川野栄一操機長、気象庁

の宮下伊喜彦気象士、久我雄四郎気象士、田島成昌気象士、長谷川礼三気象士――。

定点気象観測に活躍した男たちが次に挑むのは、昭和三十一年からはじまる国際地球観測年――南極観測船「宗谷」に乗船してめざす未知の白い大陸、南極であった。

南極観測船「宗谷」南へ！

国民の夢を乗せて
——白い大陸に挑んだ戦後初の南極観測隊

南極に到着した第一次観測時の
「宗谷」の乗組員〈三田安則〉

戦後初の国家的プロジェクト

昭和三十一年（一九五六年）十一月八日午前十一時、小雨模様の東京・晴海埠頭を海上保安庁の南極観測船「宗谷」が出港した。乗組員は七十七名、観測隊員は五十三名であり、カラフト犬二十二頭とカナリア二羽、そして古来より航海の安全に縁起がよいと伝えられ、隊員たちに贈られたオスの三毛猫一匹――神奈川県川崎市生まれの生後二ヵ月で、後にタケシと名づけられ、昭和基地で越冬する――が乗船していた。

見送りの船から旗旒信号「ＷＡＹ（貴船の安航を祈る）」が掲げられ、「宗谷」は「ＯＶＧ（お見送りを感謝す）」と答えた。一万八百マイル彼方の氷海に挑む「宗谷」には海上保安庁・水路部が特別に作成した南極用の「太陽高度方位暦」（そのルーツは昭和十九年に海軍の水路部が作成した簡易天測表「高度方位暦」である）や、ノルウエー極地研究所から提供されたプリンス・ハロルド海岸やリュッオ・ホルム湾附近の海図と航空写真が積み込まれていた。

さらには南氷洋で操業中の捕鯨船団各社（日本水産、大洋漁業、極洋捕鯨）からは、操業海域の海象データー報告用に自社内での暗号表（平文で打つと捕鯨船の位置が他社に分かるため）

も提供されていた。

そして乗組員、観測隊員の中には太平洋戦争を戦い抜いた、多くの陸海軍出身者がおり「亡き戦友の分まで、まだ戦禍の傷跡が残る国土と国民を元気づけ、夢と希望を持たせるため……」と、決意を秘めて未知の白い大陸へと旅立って行ったのである。

昭和三十二年七月から翌年の十二月は、世界の六十四ヵ国が参加して行なわれた、国際地球観測年（IGY：International Geophysical Year）であった。太陽の活動が活発化する年でもあり、その観測地は熱帯、中緯度、極地におよぶ全地球的な大規模なもので、観測項目は電波・電離層、地磁気、オーロラ、ロケットによる対流圏、オゾン層、太陽および宇宙線に至る地球物理学全体にわたることが提示された。

この地球規模の観測年が提唱されたのは昭和二十七年で、国際学術連合会議は、加入する各国に対して観測への参加と、国内委員会の設置、連絡者の指名を要望した。日本学術会議は連絡者として、永田武東大教授を指名した。

昭和三十年になると、IGY特別委員会は南極観測に関して南極会議を開き、この計画に賛同した日本学術会議は、海上保安庁・島居辰次郎長官に協力を要請するとともに、時の松村謙三文部大臣に支援を要請した。さらに、朝日新聞社は矢田喜美雄記者が社の上層部に働きかけて観測への参加を側面支援する。

昭和三十年九月にベルギーのブリュッセルで開催された第二回南極会議で、日本は南極観測参加の意思を正式に表明した。しかし太平洋戦争の傷は深く、「日本はまだ国際社会に復帰する資格はない」との厳しい反対意見も出たが、アメリカとソ連が賛同して、ようやく日本の参加が承認されたのである。会議では、観測地域の割り当ても決まり、当時は接岸不可能とまで言われたプリンス・ハロルド海岸が割り当てられた。

この間にも、南極へ観測隊員を運ぶ船舶の決定が最重要事項となっていた。新造船は期間と建造費の問題から不可能であり、国内にある三隻が候補にあがった。それは大阪商船の「白龍丸」、国鉄の「宗谷丸」、そして海上保安庁の灯台補給船「宗谷」であった。

そして選ばれたのが、海軍の耐氷構造を持った特務艦として、米潜水艦の雷撃を受けたが、命中した魚雷が不発であったなど、幸運を発揮して太平洋戦争を戦いぬき、復員輸送に当たった後に、海上保安庁に移籍して、灯台補給船となっていた「宗谷」であった。

国民の大きな期待を集めて

南極観測船への改造は海上保安庁船舶技術部が中心となり、特に砕氷能力を高めて砕氷船として、南極往復を可能とする航続距離を確保する方針を決めて、十一月二十四日から三菱重工横浜造船所で調査工事を開始した。海上保安庁内部にも「宗谷設計審議会」が設けられた。

戦後初の南極観測に向け、元海軍特務艦で海上保安庁の灯台補給船「宗谷」を砕氷船に改造することになった。写真は、戦後復員輸送に活動中の「宗谷」〈雑誌「丸」〉

まもなく「宗谷」の船長には松本満次二等海上保安監――神戸高等商船出身で戦時中は山下汽船に属して、海軍に徴用され連合艦隊付属のタンカーとして真珠湾攻撃に参加した「日本丸」や「国洋丸」に乗船、米潜水艦の雷撃で撃沈された経験もある――が任命された。

さらに航海長は東京高等商船航海科第百九期の出身――山本順一一等海上保安正で、マリアナ沖海戦などを防空駆逐艦「初月」の航海長として太平洋を駆け巡った人である。

また観測隊長には永田武東大教授、副隊長には西堀栄三郎京大教授――京都大学学士山岳会員で冬山のベテラン、「雪山賛歌」の作詞者、戦時中は東芝の真空管部部長として、昭和十九年に海軍用の純国産万能真空管「ソラ（sola）」の開発に成功した中心人物である

——が決定した。

文部省は主に財界に対して資金、資材の協力を要請した。支援を表明した朝日新聞社は、九月二十七日の紙面を割いて、社告で「国際的大壮挙」と南極観測後援を発表、一億円の寄付を決定するとともに、全国へ寄付金を呼びかけた。特に全国の小中高等学校には南極を紹介する壁新聞を配布、子供たちは登場したばかりの一円玉を貯金して寄付金とした。この効果は抜群で、寄せられた寄金は数千万円に達した。

さらに、本社内に「南極学術探検事務局」を開き、建築、衣料、無線などの部門に分かれた小委員会を作った。後に南極での航路や写真撮影に、重要な役割を果たすことになる朝日新聞社航空部は、東京本社の藤井恒男航空部次長が中心となって機動小委員会を担当して、航空機や雪上車、資材運搬用の中型ジープ、雪上オートバイなどの機動力を想定しての研究に着手した。このようにして、昭和三十年は暮れていったのであった。

この昭和三十年から三十一年の社会情勢を見てみると、各地には、まだ戦災の傷跡が残っており、トタン屋根のバラック住宅が立ち並んでいた。まだ東京タワーも未着工で、都内の数ヵ所のビルは在日米軍が接収して使用しており、空港施設の管理も同様であった。

前半期はデフレで不況、婦女子の人身売買が多発した。その一方で、近隣に貧しさから捨てられた子供を家にあずかり、わが子同様に面倒を見るなど、人間本来が持つ優しさのある時代でもあった。

一方、先進国に追いつけ追い越せの生産第一主義は、公害を引き起こした。今も残る水俣病やスモッグである。後半期からの造船ブームで年間の船舶建造高は百七十五万総トンで世界一に達して、経済白書は「もはや戦後ではない」と宣言した。なお、日本の国連加盟は昭和三十一年の十二月末である。

一般会計予算は一兆八十九億円で、大卒初任給の全国平均は男子一万二千八百七円、女子は一万一千九百二円であった。女性あこがれの職種、日本航空スチュワーデスの平均手取り額は国内線で一万七千円、国際線で三万円。消費者物価はラーメン四十円、カレーライス六十円、映画封切館百円、純毛毛布が六千円。シャネルの香水が三千円などであった。

命をかけて集まった元軍人

昭和三十一年一月十八日、朝日新聞社機（パイパー・スーパー・カブ：つばめ号）は、網走湖で雪上ソリの離着陸に民間航空機として、はじめて成功した。

その主要スタッフは、東儀正博操縦士（関西大学、昭和九年十一月に第一回学生航空選手権〈羽田〉東西対抗三角飛行リレーで優勝、戦時中に陸軍第一航空軍司令部付から退役して朝日新聞に入社）、鳥海寛司操縦士（逓信省航空機乗員養成所仙台一期出身）、島崎清（A－26機関士）整備員、森松秀雄（A－26機関士）整備員、山田敏之整備員、前田繁人（早大、陸軍航空審査部でジェットエンジンの研究を行なう）整備員で、オホーツク海の流氷を利用しての航法、物資投下や氷原での色彩研究などを行ない、南極観測隊に貴重なデータを提供する。また、同じ航空部員の平野亀代次操縦士は、捕鯨船に便乗して、南極の空を飛翔した。

同じころ捕鯨船に同乗した松本満次船長や山本順一航海長は南氷洋に達して、氷の海を体験する。さらに、「宗谷」改装審議委員会が開催された。特に委員の一人であった船舶設計協会の牧野茂技師は、元海軍技術大佐——戦艦「大和」の設計に携わった人であり、短期間に改造図面を出図して「宗谷」の改造に貢献した。

第一次観測隊随伴船「海鷹丸」船上の平野亀代次朝日新聞航空部員（左）と小野芳明整備員。後ろはベル47Gヘリ〈平野良次〉

「宗谷」は、昭和三十一年三月十二日に、横浜鶴見の日本鋼管浅野ドックに入渠して改造工事に着手された。工事の完了は十月十日であった。

九月末には、平均年齢三十五・一歳の観測隊員五十三名の人選も終わった。観測隊員の最年長は、初代の越冬隊長となる西堀栄三郎副隊長の五十六歳である。

第一次観測時、氷海の偵察に向かう朝日新聞のセスナ機「さち風」〈三田安則〉

朝日新聞社航空部は、後に越冬隊の一員に加わる藤井恒男航空部次長を筆頭に、前述の森松秀雄整備課副課長、佐藤秀雄航務課副課長（逓信省航空機乗員養成所仙台二期）、前田繁人整備課員の四名が、自社のセスナ180（さち風）と共に観測隊に加わった。

あらためて隊員名簿をチェックしてみると、気象庁観測部の清野善兵衛隊員は兵科予備学生二期、同じく海洋観測部の村越望隊員は海兵七十六期の出身、地震観測を担当する国立科学博物館の村内必典隊員は兵科予備学生二期、地磁気を担当する東大大学院生の小口高隊員は海兵七十八期の出身、設営を担当する朝比奈菊雄隊員は、海軍薬剤大尉の出身、のちに数次の越冬隊長として南極大陸を踏破する、横浜国立大学講師の村山雅美隊員は、第三艦隊司令部付として、空母「瑞鶴」に乗艦経験をもつ兵科予備学生一期の出身。千葉大学理学部助教授の鳥居鉄也隊員は、海軍技術大尉の経歴をもつ。また富山県立山の山岳ガイドのひとりとして、観測隊員に選ばれた佐伯昭治隊員は海軍予科練特乙三期の出身である。

機械・電気通信を担当とする、いすず自動車検査課長の大塚正雄隊員は、海兵七十期の出身、終戦時は高知空の分隊長であった。さらに越冬隊員として、昭和基地と国内外の通信を一手に引き受けた、朝日新聞社の作間敏夫隊員は、陸軍航士六十期の出身、報道特派員として共同通信社からの田英夫(でんひでお)隊員——のち参議院議員は兵科予備学生四期出身という陸海軍出身のスタッフが名を連ねている。

昭和基地設営

盛大な見送りを受けた「宗谷」は、一足先に出港した随伴船、東京水産大学の「海鷹丸」を追って十一月十三日夜にはバシー海峡を通過した。永田武観測隊長は後甲板に総員を集め、自らアコーディオンを弾いて「南極観測隊の歌」の練習を行なったが、海軍予備学生だった隊員をデッキの陰に呼んで、「軍艦マーチ」を歌わせたという。

「亡き教え子たちへの、はなむけのつもりだったのかもしれない。

南海の星座は北斗星が低く、オリオンが天頂に輝く、間もなく南十字星が見えてくるだろ

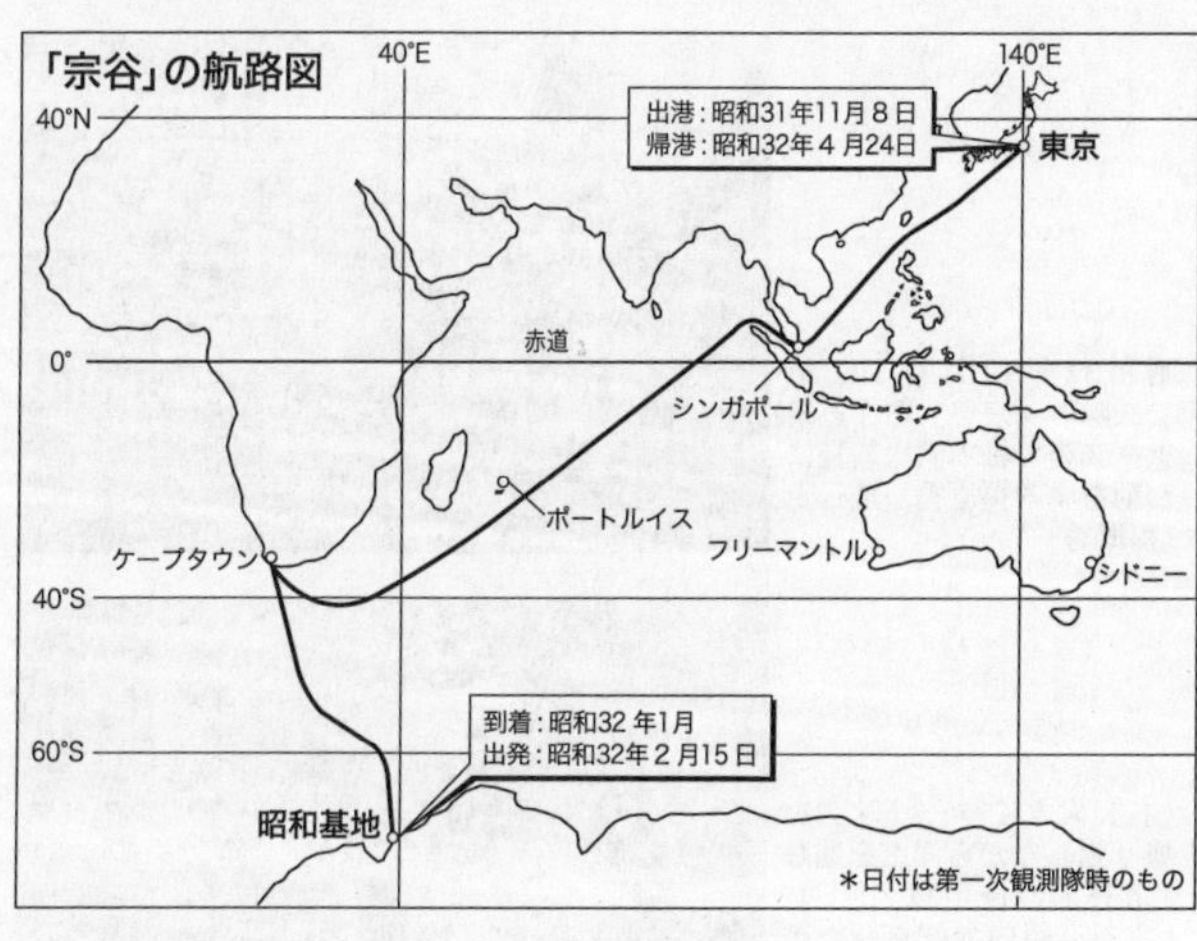

う。海底に眠る幾百、幾千の戦死者、学徒兵の冥福を祈りながら宗谷は南下する」と、朝日新聞の高木四郎特派員は報じた。この後、「宗谷」はシンガポール、ケープタウンを経て南進を続ける。長い船旅である。船内では映画各社から提供の映画フィルムが上映され、発行される「南極新聞」はユーモアを交えてニュースを伝えた。

十一月三十日の紙面には、「急告――最近『唄わせてちょうだい〜』と各室を訪問、怪しげな『枯れすすき』一本槍にて、金品を強要する二人組有、之発見の向は至急連絡相成度――保安局」との記事が見られる。アコーディオンは永田隊長、ギターが得意な電離層の大瀬正美隊員による急造の演歌師であった。

十二月一日にはシンガポール、ケープタウン間で赤道を越えて、にぎやかな赤道祭も行

昭和32年11月14日、第二次隊の「宗谷」の赤道祭。ナース姿で松本満次船長にお酌をする福原秀一飛行士〈福原秀一〉

〔右〕大きくローリングを繰り返しながら洋上を進む「宗谷」の後甲板。〔下〕「宗谷」船内で作られたアイスクリームに舌つづみを打つ航空科員。右から２人目が福原飛行士、左端が福田巽航空長〈福原秀一〉

〔左〕第一次観測隊は昭和32年1月29日、オングル島に日の丸を掲げ、「昭和基地」を宣言した。〔下〕さっそく、プレハブ式の基地建設が始められた〈三田安則〉

「宗谷」の舵輪をあずかった三田安則さん〈三田安則〉

第一次観測時の南極からの帰路、氷に行く手を阻まれた「宗谷」の救援に来てくれたソ連砕氷船「オビ」号〈三田安則〉

なわれた。

昭和三十二年の元日は、四十度近いローリングに荒れる洋上であった。いよいよ船乗りに「ローリング・フォーティ」と恐れられる南緯四十度の暴風圏である。随伴する海鷹丸から見る「宗谷」は、しばし波浪にその姿を隠した。

一月四日には、はじめて氷山を視認して、南緯五十五度を通過する。氷山をマスト上の見張り場から最初に発見したのは久保正雄甲板員であった。松本船長から清酒一本が贈られた。

そして一月七日、「宗谷」は流氷に遭遇して、ついに南極洋に到達した。ベル47G一〇六号機も、予科練出身の佐藤孝司、日下部頼雄両飛行士の操縦で南極の空に飛翔した。一月十四日には朝日新聞社の「さち風」が佐藤、森松ペアで大陸の空に飛翔した。

高木特派員は、「『大陸は、どんなだった？』と聞くと、森松さんは『真白だ！』と言ったきり上気してしまって、口をモグモグさせている」と伝える。

白夜の中、基地に最適な設営点を探しながらプリンス・オラフ海岸に沿って西航しつつ、「宗谷」はオングル島西方の定着氷外縁に接岸、ついに一月二十九日、オングル島に国旗と海上保安庁旗を掲揚して「昭和基地」が宣言された。この日から、雪上車は、約十五海里の氷上を物資輸送にフル回転する。そして隊員十一名が正式に越冬することとなったのである。

二月十五日正午過ぎ、越冬隊員と別れを惜しむ「宗谷」は離岸して、ケープタウンへ進路をとった。まもなく厚い氷に行く手を阻まれ、ソ連の砕氷船「オビ」号の協力を得て氷海を脱出する。「宗谷」の舵輪をとるのは、第一次から五次に参加し、第三次からは操舵長をつとめた三田（関谷）安則さん――海軍甲種予科練出身、終戦後は旧海防艦で日本近海の機雷掃海作業に従事して海上保安庁の礎を築いた。その後は巡視船「あつみ」（旧海軍の海防艦「竹生」）で操舵長として定点気象観測に従事する。

三田さんは日記に次のように記している。

「二月二十八日十二時四十分、岡森しのぶちゃん（「定点気象観測船の戦い」参照）より激励の電報入る。二十四時、オビ号とともに氷海を脱出――」

東京・日の出桟橋着は四月二十四日であった。

海を越えた世界一短いラブレター

このようにして、西堀越冬隊長以下十一名の隊員は、昭和基地での越冬生活にはいった。各隊員は専門分野に分かれてオーロラ、地磁気、気象など未知の大陸での観測体制にはいった。季節は秋から太陽が昇らない冬に移り、やがて降雪や地吹雪を伴う風速五十メートルを越すブリザードや、一瞬にして視界を失うホワイトアウト、幻想的に天空に揺れるオーロラなど大自然の驚異を体験することになる。

西堀越冬隊長は「まず何かやってみなはれ。失敗したら、またやり直せば良い」と、若手を育てながら観測隊員の気持をひとつにした。ストレス解消に中心的な役割を果たしたのは朝日新聞の藤井恒男航空部次長で、つねに話題を提供して笑い声を絶やさなかったという。

基地のパワープラントの維持と保守を引き受ける大塚正雄隊員は、日本から運んだ「アサヒグラフ」の表紙を飾った女性の人気投票を企画するなどした。

大酒豪は長髪先生こと中野征紀ドクターと「トンコ」と愛称された佐伯富男隊員で、基地で消費した酒の三分の二は、この二人で飲み干したという。

内地から送られてくる家族からの通信やNHKの家族の肉声を乗せた南極向け放送は、隊員たちにとって越冬生活の疲れを癒す清涼剤でもあった。京都の織物問屋に生まれ育った西

雪で作った鏡餅で新年を祝う第一次越冬隊員11名。前列左から大塚正雄、立見辰雄、西堀栄三郎越冬隊長、中野征紀、藤井恒男。後列左から村越望、佐伯富男、作間敏夫、砂田正則、菊池徹、北村泰一〈作間敏夫〉

堀越冬隊長も、旧制三高（現在の京都大学）時代からの大恋愛を経て結ばれた愛妻・美保子さんの声に、おもわず頬を緩める。

家族からの通信をモールス信号で受信するのは作間敏夫隊員である。作間さんは隊員公募の試験をトップの成績で選ばれ、朝日新聞社入社も技術系社員二名の採用枠という難関を突破した人で、昭和二十四年の採用試験には、笠信太郎論説委員（昭和二十年三月から、スイスにおける米OSSのアレン・ダレスと、在スイス駐在武官・藤村義一〈海兵五十五期〉中佐による、スイスでの和平工作を助けたジャーナリストである）の、「これからの日本国民は、どうすべきか？」という、講演を聴いて、二千字以内に記事風にまとめる……というテーマもあった、と回想する。その作間さんが、忘れることのできない電文が、世界最短のラブレターである。

作間敏夫さんは、

「『あなた……』と、受信して、後が来ないなあ～と、首を傾げていたのですが、いま考えても、思いのこもったラブレターですよね。大塚元海軍大尉……、『あいつ、こんなのよこしやがって』と、さかんに照れていた姿が、いまも目に浮かびます」と語ってくれる。

わずか三文字に秘められた愛情、「あなた（に会いたい）」「あなた（お元気ですか）」「あなた（を愛しています）」。愛妻恒子さんから大塚正雄さんへの、時代を超えて語り継がれるラブレターであった。

氷に閉じこめられた「宗谷」

そのころ内地では、第二次観測隊の準備が進んでいた。ローリング対策として「宗谷」には、ビルジキールが再装備された。乗組員八十名と観測隊員五十名も決まり、第一次の経験を踏まえて出航時期も早められた。観測隊の出発に合わせるかのように、朝日新聞は昭和基地の藤井隊員が書いた「わが輩は南極のネコである」という、ネコのタケシの目から見た、ユーモアあふれる、基地の生活ぶりを連載した。

そして十月二十一日、「宗谷」は盛大な見送りを受けて、日の出桟橋を後にした。シンガポールを経由、十二月十一日にはケープタウンを出港して二十日には南氷洋に到達した。しかし、「宗谷」は二十三日から厚い氷盤にはばまれ航行困難となる。ダイナマイトで氷を爆破、「手空き総員、竹竿用意」と、人力による必死の砕氷も効果なく、ただ西方に氷とともに流されていった。

昭和三十三年も明けて状況はさらに悪化した。南極大陸に発達する高気圧は、例年になく北方に張り出し、低気圧の東進をはばみ、リュツオ・ホルム湾は低気圧が停滞、衰弱する場となって、暴風雪が続いた。氷塊は互いに不規則に積み重なるハンモック状態となり、「宗谷」は完全に行動の自由を失っていた。

第一次越冬隊と暮らした猫のタケシ君〈作間敏夫〉

わが輩は南極のネコである

昭和基地＝藤井隊員発

タイ機、民家に落つ

砂川町で八人が重軽傷

朝日新聞の連載第１回〈昭和 32 年 10 月 11 日掲載〉

「宗谷」の舵輪をとる三田安則さんは、密氷群の海にセールを張った「宗谷」を次のように語る。

「一月二十四日、宗谷が帆をあげた——決してセーリングを楽しんだわけではない。帆を利用し、合わせてウインドラスの

〔上〕第二次の航海で氷に閉じこめられた「宗谷」。〔右〕氷盤にボーリングした孔に電気信管を装着したＴＮＴ火薬を装填、氷を爆破して前進を試みる。〈三田安則〉

「手空き総員、竹竿用意！」で、人力での砕氷の除去を行なう。「竹槍戦術」とも称した〈三田安則〉

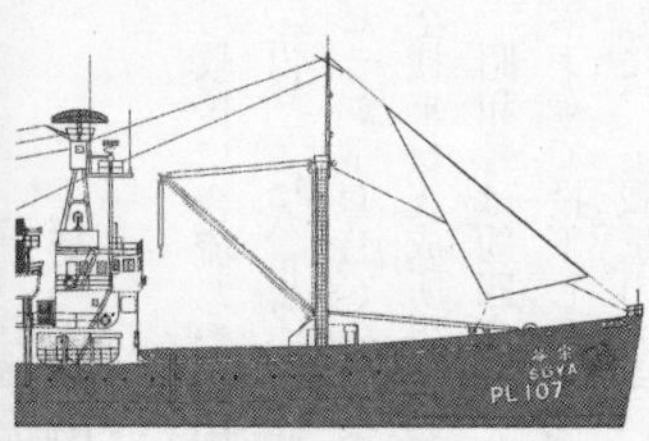

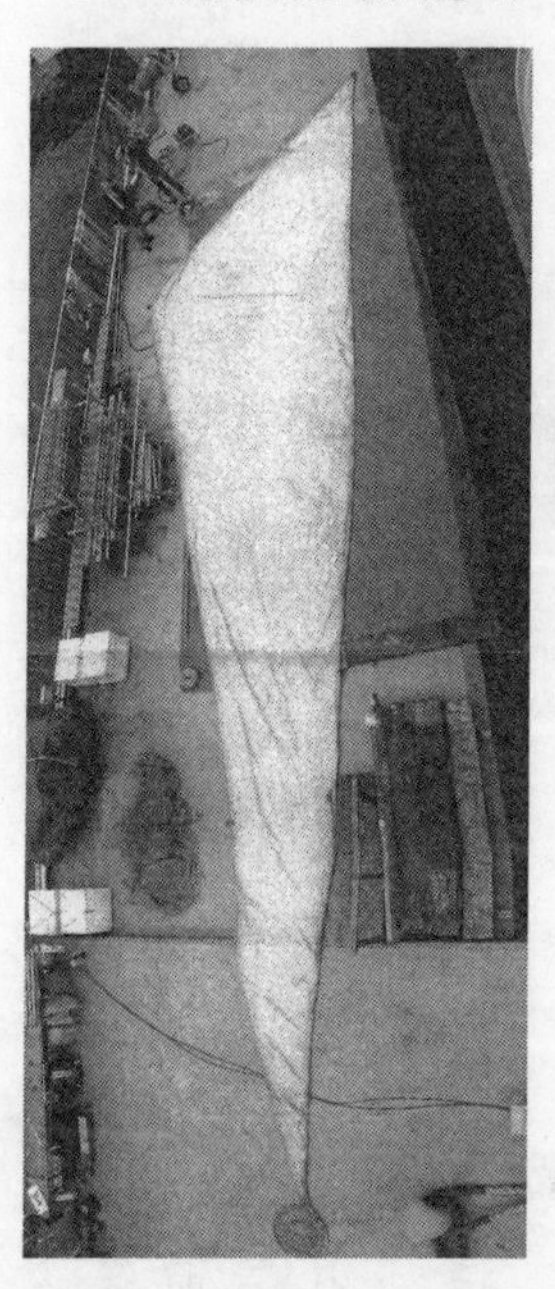

昭和33年1月24日、氷に閉じこめられた「宗谷」は、回頭の助けにと船首に帆を張った。上はその状況を示す図。左はその時張ったジブ（三角帆）〈三田安則〉

捲引力、エンジン、舵、総ての機能・力を総合発揮して回頭するためのセール展張である。やれることは何でもやり、自然の猛威に挑む『宗谷』である。帆船以外、帆で回頭するとは、正に画期的な発想だと思う。

従来、船はウインドセールという帆に似た大きな帆布を持っている。『宗谷』は可愛いジブ（三角帆、十八メートル×十四メートル×六・五メートル、マニラロープで縁取りをした厚手のキャンパス製である）を持っていた。

この日は〇九一六（午前九時十六分）から、右五十五度二百三十メートルのハンモック状態の氷盤十ヵ所に、三十六キログラムのTNT火薬を装てんして一一〇〇爆破、右リードの拡大を促進するのが目的……全力前進運転すれど効果なし。

一五〇〇、再び爆破下令十

六ヵ所を三回に分けて爆破、一八二〇船尾より左舷リードへクラック発生、後方へのクラック徐々に拡がり始める。正に恐ろしき自然の力……。このような状況下で船首を回頭すべく一八三〇前甲板にジブ展張――。機帆船『宗谷』出現……風弱く東がかった北三～四メートル。効果期待できず一九四五にジブ降下……。南極の空に翻った唯一のセールであった」

一月末には昭和基地のはるか北西方のクック岬にまで流され、二月一日には左舷推進器の一翼を切損した。ようやく二月六日に外洋に脱出したものの、この四十六日間の自力航行は八十九海里で、氷に圧流された距離は二百五十海里にも達していた。

第二次観測隊撤退

救援に合流した米国の砕氷艦「バートン・アイランド」号の先導で、氷海に再突入した「宗谷」は八日夕刻、昭和基地の北北西五十海里付近の開水面から、福田航空長が乗るデハビランドDHC－2（ビーバー）昭和号を発進させた。操縦は朝日新聞社、ともに逓信省航空機乗員養成所出身の井上夏彦、岡本貞三航空部員の二人である。

昭和号は約四十分を飛行して、昭和基地上空に達して生鮮野菜や隊員の家族からの手紙を落下傘で投下した。雲は低いが天候の安定した二月十日からの空輸は、越冬隊員の収容とともに、搭載量の大きい昭和号に頼ることになる。十二日には三名の第二次越冬隊員と八百キ

救援にやってきたアメリカの砕氷艦「バートン・アイランド」号と「宗谷」。昭和基地に接近できず、第二次観測隊は空輸することになった〈三田安則〉

空輸に力を発揮したデハビランドDHC-2昭和号。第一次越冬隊員を収容中の撮影で、氷上からの離着陸のため、スキーを装着している〈三田安則〉

越冬隊員撤収のため昭和号で昭和基地に飛んだ朝日新聞社の岡本貞三航空部員〈岡本貞三〉

口の物資を昭和基地に空輸した。

しかし天候はふたたび悪化し、空輸も中断された。十四日、わずかの晴れ間を利用して、基地から全隊員の撤収が強行された。雲高は百メートル以下であり、岡本貞三、森松秀雄ペアは氷上スレスレの低空飛行で人員三名と、カラフト犬三頭を収容して悪天候の中を帰船した。

岡本貞三さんは、次のように語る。

「昭和基地付近の偏差（地図上の真北と磁北との差）は、約四十度と大きく、方向の感覚が違うことに戸惑いました。まず、『宗谷』船上を船首方向に発進して、船側の方位と機体側の方位誤差を確認してから、昭和基地へ向かうことになります。

二月十四日は、出発前から天候の悪化が予想されており、『現地では五分間だけで、直ちに帰投せよ』と言われていました。実際には一時間半ほど遅れて、船上の隊員たちに心配をかけることになりました。その理由は基地の戸締り、そして、連れて帰る子犬二頭が、母犬のシロから離れようとしないのですよ。不憫に思い、母犬も連れて帰ろうと決心して、母犬の重さだけ燃料を抜いて、親子三頭を収容しました。

今でも忘れることのできないのは、昭和基地を戸締りしたときのハンマーの音と、残してきた十五頭の犬たちの姿です……」

二月十八日、「バートン・アイランド」号から「宗谷」への提案は、氷山空母作戦であった。それは、「スキーを装着させた昭和号を、いったん小氷山にあげ、さらに飛行場に適した大氷山に移す。資材はヘリで大氷山に運んで、空輪を行なってはいかが」と、いうものであった。しかし、ふたたび天候は悪化して暴風雪が吹き荒れ、ついに二十四日正午、越冬は断念され、作業は打ち切られた。カラフト犬十五頭を収容できぬまま「宗谷」は、南氷洋を離れた。

奇跡の「タロ」「ジロ」との再会

昭和三十三年十一月十二日、後部を飛行甲板に改造してヘリ空母となった「宗谷」は、ヘリコプターも搭載能力の大きいシコルスキーS－58に代えて、日の出桟橋を出港した。

隊員たちは「今度こそ」と、昭和基地の再開を誓った。

乗船する乗組員は九十二名（うち航空科十八名）、観測隊員三十七名（うち朝日新聞社航空部員四名）であった。

第三次隊からは、「宗谷」の後部を飛行甲板に改造して、搭載ヘリを搭載力の大きいシコルスキーS-58に変更した。〔右〕舷側の氷上ヘリポートから離陸するS-58〈三田安則〉。〔下〕愛機S-58の前に立つ里野光五郎飛行士。第三次から六次の観測隊に参加した。機体に装着されたフレームはフロート装備用のもの〈里野のぶ子〉

生きていた「タロ」「ジロ」と福原飛行士の再会〈福原秀一〉

昭和三十四年一月十四日、昭和基地の北北東八十八海里の氷上に、ヘリポートが設置された。午後一時三十八分、南極の空に泳ぐ鯉のぼりに送られ、飛行甲板からは福田巽航空長と飯島勇首席飛行士の二〇一号機が、ヘリポートからは渡辺清規次席飛行士と笹川義雄飛行士の二〇二号機が、村山雅美越冬隊長以下六名を同乗させて昭和基地を目指した。

約一時間後、昭和基地が眼下に迫ってきたとき、隊員たちは雪原に動く、黒点を発見して騒然となった。着陸してエンジンを停止したヘリを待っていたのは、奇跡的に一冬を生き抜いた「タロ」「ジロ」の兄弟であった。

昭和三十七年二月八日午後七時二十五分（現地時間）、村山観測隊長たちを乗せて、閉鎖した昭和基地を飛び立った、里野光五郎首席飛行士と谷口克幸飛行士が操縦する二〇一号機は、歓声に包まれた「宗谷」の飛行甲板に降り立った。

これが、海上保安庁が主体となった第一期南極観測のラストフライトで、南極観測はひとまず終止符をうった。

昭和四十年に海上自衛隊が主体となって再開された南極観測は、観測船も「ふじ」「しらせ」「第二代しらせ」と変わり、二〇一一年秋には第五十三次観測隊が南極へ向かって旅立っていった。

赤十字飛行隊長——われ今日も大空にあり

現役最年長九十歳のパイロット、元海軍搭乗員〝淳さん〟の戦中戦後

いつもダンディな赤十字飛行隊長・高橋淳さん（左）。取材を手伝ってくれた木内里美さんと調布飛行場にて

軍人嫌いが海軍のパイロットに

東京都中央区銀座六丁目、特にこの周辺はクリスチャン・ディオール、ティファニー、フエラガモ、ルイ・ヴィトン、ダンヒル、グッチ、シャネルなどの有名ブランドショップが立ち並ぶ、華やかな街である。東京メトロの銀座駅から、銀座並木通りを新橋方面に歩くと、交詢社（こうじゅんしゃ）通りである。

福沢諭吉をはじめとする慶応義塾の関係者によって、明治十三年に創設された実業家の社交クラブ——交詢社のビルは二〇〇四年に外壁の一部を残して、リニューアルされて近代的なビルに生まれ変わった。その地下一階から二階の三フロアーに展開するのが、世界の超一流品を扱う「バーニーズ・ニューヨーク」銀座店である。

陽ざしが、輝きを増しはじめた晩冬の昼下がり、百八十センチの長身を、白のロングダウンに包んだ老紳士が、ドアマンに迎えられて店内に歩みを進めた。まるでファッション誌から抜け出したようなその容姿は、ショッピングを楽しむ人たちや、社内で特にセールス・クラークと呼ばれる販売員たちの視線を、またたくまに引き付けてしまった。

このダンディな老紳士は高橋淳さん——日本飛行連盟名誉会長をつとめ、日本赤十字社直轄の赤十字飛行隊飛行隊長として、いまも大空を飛ぶ九十歳の現役パイロットである。高橋さんの操縦した航空機は、五十機種以上におよび、その総飛行時間は二万五千時間に達しようとしている。

「クロワッサン」誌に掲載された高橋淳さんの写真とインタビュー記事〈昭和52年9月号、マガジンハウス〉

そのかたわらファッションモデルとして、コム・デ・ギャルソンの顧客向け小雑誌やマガジンハウス発行の「クロワッサン」などに登場するという、カッコイイ紳士なのである。

高橋さんは、大正十一年（一九二二

年）十月八日に、東京の大森に四人兄姉の末っ子として生まれた。小学校では模型飛行機に夢中となって、はやくも空を飛ぶ夢を抱いた。やがて千代田区富士見町のカトリック修道会・マリア会が母体のミッションスクール暁星中学校（現在の暁星中学・高等学校）に進学、千葉県の鹿島灘で開かれた、東京日日新聞社（現在の毎日新聞社）が主催したグライダーの講習会に参加して、十六歳で大空への第一歩を踏み出している。

中学校卒業後の昭和十六年十月には、海軍の甲種予科練第九期生として海軍に入隊、飛行技術を習得後に民間航空に移ろうとしたが、十二月八日に日米開戦——いや応なく戦いに巻き込まれてしまった。甲九期生は入隊数八百五十一名、戦没者は六百三十名、七十四パーセントが戦死といわれるクラスである。

高橋さんは、

「軍人は嫌いだったので、民間航空に入り空を飛ぶのが夢だったが、戦争がはじまってしまった。俺は長身だったので空母や艦船に乗るのは、頭がぶつかるから嫌だ！　戦闘機などではなく大型機にしようと、陸上攻撃機への道を選んだ」と語る。

戦場の夜間飛行

昭和十八年に、台湾の新竹で双発の九六式陸上攻撃機（九六陸攻）による本格的な三ヵ月の訓練を終えて最初に赴任したのは、マレーで一式陸上攻撃機（一式陸攻）で錬成にあたっていた七三二航空隊——この陸攻隊は、テスト的に副操縦士を搭乗させない（おそらくソロモン方面の激戦で、搭乗員の戦死者が多かったからであろう）飛行隊であった。

高橋さんは、

「まだ二十一歳の訓練を終えたばかりで、副操の経験すらもないのに……いきなり機長を命ぜられる。ペア（同じ機に乗り組む搭乗員を海軍では人数にかかわらずこう呼んでいた）は同年代もいるし年上のベテランがいる。すべてに未経験の機長が指示するんだから、責任は重大——驚いたね」と回想する。

やがて高橋さんも、昭和十八年夏にはニューギニア北西部に進出して、ビアク島方面への索敵や夜間雷爆撃に出動した。

「実戦で、先輩パイロットから教わり、身をもって学んだことを忠実に

九六式陸上攻撃機〈雑誌「丸」〉

一式陸上攻撃機〈雑誌「丸」〉

守った。

まず、魚雷を落としても、海面スレスレに這って、安全なところに出るまで、絶対に高度を上げるな。そして、P－38との空戦での『横滑り避退』……。これらから、ペア搭乗員は絶対に死なせない。絶対に帰ってくる——という信念と自信がついた。精神力も鍛えられた」と、ニューギニア方面の戦いを振り返る。

さらに、

「赤道に近い星空——天の川に浮かぶ〝南十字星〟は、本当に美しく輝いていた。天候の良いときは水平線近くの星まで、はっきりと見える。自分自身の下方にまで星が輝いて見える。愛機は星に包まれて飛行する星間飛行——戦場にいることを忘れるほどにキレイだったよ」と南洋の夜間飛行を語ってくれる。

昭和十九年六月のマリアナ沖海戦では、七三二空もトラック島へ進出して、高橋さんもサイパン島の夜間爆撃、米艦船の夜間雷撃に出撃した。魚雷を抱いて、高橋機が一機だけの夜間出撃もあったという。やがて激戦の中で、三十八機が進出した七三二空も二機を残して壊滅状態となる。残った二機中の一機が高橋機であった。

やがて高橋さんはミンダナオ島経由で、八月に内地に戻り、木更津で野中五郎少佐が率いた七五二空攻撃七〇三飛行隊に編入される。ここで一式陸攻もエンジンを換装して性能が向上した二二型にかわった。

九月から十月は伊豆の温泉で休養をとり、戦塵を洗い流して、昭和二十年はじめに愛知・豊橋空の教員として着任、九六陸攻で後輩の指導にあたることになる。

この頃から髙橋さんは、海軍から支給された絹の白いマフラーを、実家から送ってもらったダークブルーの絹のマフラーにかえている。

髙橋さんは、

「さりげなくマフラーを換えて、おしゃれを楽しんだ。燃料不足から、松の根から採った松根油の燃料で飛行したが、パワーが出なかった」と当時を回顧している。

沖縄夜間雷撃、最後の一機に

しかし、悪化する戦局は、ついに髙橋さんをも特攻隊に編入した。豊橋空は昭和二十年三月十日に、教員を中心に藤川誠大尉（海兵七十一期）を指揮官とする一式陸攻四機、九六陸攻五機からなる第一次特攻隊を編成する。

米地上軍が沖縄本島に上陸を開始した翌日の四月二日には、石川県の小松基地に移動して、豊橋空司令の佐藤治三郎大佐による別盃後に、南九州の出水（いずみ）へと向かった。

同日、宮城・松島空も九六陸攻四機からなる第一次特攻隊を編成して出水へ進出する。豊橋空と松島空は合同して、出水陸攻隊を編成した。

出水陸攻隊は正式には、第一機動基地航空部隊（五航艦）・出水部隊である。巌谷二三男少佐（神戸高等商船航海科十四期出身）が指揮をとった。

「雷撃して、帰ってくる自信はあった。一度で終わりの、特攻なんて嫌だなあ。まあなんとかなるさと思った……」と、高橋さんである。

しかし、出水に着任した巌谷少佐は、佐藤司令と打ち合わせてベテラン搭乗員からなる陸攻隊であり、九六陸攻による特攻は効果が薄いと、五航艦の宇垣長官に意見具申して、出水部隊は夜間雷爆撃を行なうことに変更された。

四月四日付けの電文が残されている。

第一機動基地航空部隊機密第〇四二三〇四番電
出水部隊陸攻隊ハ指揮官所定ニ依リ、明五日以降連日、沖縄周辺、主トシテ敵輸送船団ヲ夜間攻撃ヲ実施スベシ

松島空は四月十一日に第二次隊として九六陸攻六機、四月十五日に九六陸攻四機、五月一日に一式陸攻五機を、豊橋空は五月二日に一式陸攻一機、九六陸攻一機を出水へ進出させた。

両隊とも訓練用の古い機材であったことから、故障して引き返したり、出撃できない機体

愛知・豊橋海軍航空隊教員時代の高橋淳さん（３列目の右から３人目）。当時上等飛行兵曹だった。軍支給の白ではなくダークブルーのマフラーをしていた〈高橋淳〉

が相次いだ。日増しに未帰還機も増えていく。攻撃隊は、前夜に未帰還となった搭乗員を悼む花束を積んで、洋上に投下しながらの攻撃行であったという。

高橋さんのペアは四月二十七日深夜、雷装した一式陸攻で出撃、二十八日未明に伊江島と粟国島の中間洋上で、巡洋艦と認めた艦を雷撃する。

「防禦砲火熾烈ノ為、戦果確認シ得ズ　戦場、天候晴、雲量四〜五、雲高一〇〇〇〜一五〇〇、視界二〜三キロ」と報告した高橋機は、黎明に出水に帰着した。

高橋さんは、

「メチャクチャに撃たれて回避運動に必死だったが、絶対に落とされてたまるか……と操縦桿をとった」という——。

その後も沖縄の夜間爆撃や雷撃に、最後の一機となるまで飛んだ高橋機ペアに、北海道の美幌(びぼろ)空に転属命令が出たのは七月なかばであった。被弾して穴だらけの機体の修理や整備に時間がかかり、出水を出たのは八月六日だったという。

高橋さんは、

「機体も古いしボロボロ、プロペラのピッチも変えることができない。太平洋沿岸には米機動部隊が行動中で、米戦闘機につかまる。日本海側の海軍の飛行場を避けて、民間や陸軍の飛行場に降りながら北海道に向かおうと、冷静に判断をした」と、北への飛行を振り返る。ガタガタの九六陸攻をあやしながら、八月十三日に青森の油川飛行場に降りた。その日は浅虫温泉に泊まり、翌日、発進するがエンジンの片方から油を噴いて、三沢飛行場に緊急着陸した。そして八月十五日である――。汽車で青森まで行き、海峡を渡ろうとしていた青森の波止場で終戦を迎えた。終戦時に高橋さんの総飛行時間は、二千時間近くになっていた。

戦後、再び大空に

高橋さんの予科練同期には、戦後の航空史の一ページをかざった人が多くいる。

零戦のパイロットとして終戦を迎えた神田(遠藤)真三さんは、昭和三十九年八月十五日に、ヘリコプターで富士山頂に建設中の気象レーダー、富士山レーダーの、重量六百キロというドームを無風下で運び上げた人である。

十川五助さんは攻撃二六二飛行隊、攻撃四〇六飛行隊、そして攻撃四〇五飛行隊と陸上爆撃機「銀河」を操縦する。昭和二十年五月に五百キロ爆弾二発を抱いて夜間特攻を命ぜられたが、出撃直前に中止――。特攻編成から解かれて鹿屋から美保に移動中、日向灘で米戦闘機に追従され、大分の山はだに沿って、垂直に近い旋回でグラマンを振り切った経験をもっている。戦後は、海上保安庁航空の礎を作り、主に函館基地で、後輩の指導や海難救助に活躍した。

小西肇さんは昭和二十年春に戦闘九〇一飛行隊（芙蓉部隊）で、斜銃を付けた夜戦「彗星」で沖縄戦に出撃した。昭和四十年の南極観測では、海上自衛隊の一員として、観測船「ふじ」飛行科のパイロットとして南極の空を飛ぶ人である。

戦後は銀座のデパートに勤務して配送係として絹織物やYシャツ、婦人服などをPX〈駐留軍将兵のための売店および軽飲食施設。銀座三丁目の松屋デパートと銀座四丁目の服部時計店〈現在の和光〉が接収されて使用されていた〉に運んでいた高橋淳さんも、大空に戻る日がやってきた。

戦後、GHQは日本の空も管理下において、日本の航空機の飛行を禁止していた。やがて航空局の働きかけなどにより、航空会社の設立が認められ、昭和二十五年（一九五〇年）には民間航空の再開が決定された。そして翌年秋には、日本航空株式会社の関西方面へのフライトが始まることになる。

当初は外国人機長が操縦にあたり、日本人パイロットは許されなかったが、民間航空再開にあたり、次第に日本人パイロットの育成が最重要視された。

これに対応したのが、旧陸海軍のパイロットたちである。昭和二十六年（一九五一年）には民間航空飛行団体「おおとり会」——逓信省乗員養成所出身のOB会が設立されて、日本人パイロットによる民間航空再開に備えた。

一方、「日本青年飛行連盟」——主に陸海軍出身のパイロットが中心となる——は、昭和二十七年十一月三日に鎌倉の建長寺で発足会を開き、翌年の二月十九日に社団法人として正式に認可された。

両団体ともに民間航空の再開にともなう、日本人パイロットによる旅客機の運航を目指すことが目的であった。「日本青年飛行連盟」発足当時のメンバーは次の通りである。

代表　吉岡福正（乙十一期出身）
　三上（堀）光雄（乙十期出身）——三四三空戦闘三〇一飛行隊（紫電隊）
　海老原　寛（乙十二期出身）——攻撃四〇一飛行隊（銀河隊）
　池沢嘉夫（陸軍？）

村山　力（乙十七期出身）——三四三空戦闘七〇一飛行隊（紫電隊）
川上永治（乙十七期出身）——二〇三空（零戦）
小林喜作（乙十七期出身）——二〇三空？
山岡正美（陸軍）

その中のひとり海老原寛さんは、

「何回となく航空局に足を運んで、社団法人として認可してもらうための書類作成にあたった。航空局員も親切に書類の書き方などを指導してくれた」と当時を回顧している。

昭和二十八年十二月には、旧海軍の神奈川県藤沢飛行場を訓練基地として確保する。

昭和三十一年四月、「おおとり会」と「日本青年飛行連盟」は合併して、社団法人「日本飛行連盟」となった。

ボランティア飛行隊——赤十字飛行隊結成

このころ高橋淳さんは、戦前のグライダー仲間とはじめた「新日本グライダー研究会」で自前のグライダーを作り、藤沢飛行場を使って飛んでいた。グライダーの免許は再取得、飛行機やグライダーの教官用免許も取得した。そして日本飛行連盟に加わり、旅客機のパイロット養成に汗を流すことになる。

やがて日本飛行連盟は「日本飛行クラブ」を開設、アマチュア・パイロットの養成もはじまった。訓練の料金は教官が付いて一時間五千五百円——当時の大卒の初任給が一万円を少し超えるころのことである。

初代の赤十字飛行隊長・源田実参議院議員

再開された日本人パイロットによる民間航空も、順調に歩みをはじめて、パイロットの養成も一段落した日本飛行連盟は、昭和三十八年十一月三日に民間パイロットたちによる、ボランティア飛行隊——日本赤十字社直轄の「赤十字飛行隊」を結成した。

赤十字飛行隊——

隊長　源田　実（海兵五十二期出身。当時、参議院議員）

小林喜作（乙十七期出身）

大黒喜一（陸軍？）

村山　力（乙十七期出身）

根岸穣治（陸軍？）

川上永治（乙十七期出身）

高橋　淳（甲九期出身）

大塚正三（陸軍？）

他四名（整備員）

初代は源田実隊長（昭和三十八年十一月三日から昭和六十一年三月三十一日）、第二代は小林喜作隊長（昭和六十一年四月一日から平成四年十一月十二日）、第三代は山本滋隊長（平成四年十一月十二日から平成十四年九月三日）、そして現在は、高橋淳隊長が飛行隊を率いている。

災害時などの緊急出動――行政を経由すると時間差が生じて、間に合わない……。そんな時に日本赤十字社が直接、迅速に出動を命令できるのが赤十字飛行隊である。赤十字飛行隊は二〇〇九年現在、北海道から沖縄まで三十九支隊、隊員数は約二百名、個人や法人が保有する航空機約百機で編成されている。

高橋隊長から緊急出動が命されると、エアラインのOBパイロットや、会社経営者などの自家用機オーナーたちが、自らの飛行機に〝赤十字マーク〟（国際規約でむやみに付けることを禁じられ、日本では日本赤十字社が使用を許可する）を張り付けて出動するボランティア飛行隊である。

新潟地震——液状化した滑走路に強行着陸

赤十字飛行隊の本格的な初出動は、昭和三十九年（一九六四年）六月十六日午後一時過ぎに発生した、新潟沖を震源とするマグニチュード七・五の地震の時であった。のちに「新潟地震」と命名される震災である。

同日、午後二時、赤十字飛行隊に対して緊急出動が指令された。小林喜作さんが操縦するセスナ170型機は、日本赤十字社の高木武三郎社会部長と高橋喜代次救護課長を乗せて、夕刻に新潟空港に強行着陸をした。

この日は公休で、家族とともに軽井沢に向かっていた高橋淳さんも、ラジオのニュースを聞いて急ぎ帰京する。

翌十七日は、高橋さんのフライトである。

高橋淳さんは、

「日赤の看護婦と医療品を積んで藤沢飛行場を飛び立った。途中の山越えで、谷川岳を越えると、前方に黒い煙が立ち上っているのが目に飛び込んできた。真っ黒い煙で、それはもの凄い光景だった。あとで、石油タンクが炎上していると知った。新潟上空で旋回すると、信濃川に昭和大橋が完全に崩落していた。空港との無線も通じない。滑走路はヘビのようにう

赤十字飛行隊は昭和39年6月16日に発生した新潟地震に初めて本格的に出動した。写真は液状化して水浸しの新潟空港に強行着陸する赤十字飛行隊のセスナ機〈高橋淳〉

ねって、浸水している。

滑走路の中ほどに真っ直ぐな所を見つけて、着陸許可も誘導もないまま強行着陸した。着陸すると、あたり一面が水びたし……。液状化現象を起して、地中から噴き出した水が滑走路上に溢れでていた。水に足をとられながら、空港ビルに向かう――。二階建ての空港ビルは一階部分が地中に沈んでいた。

市内は、まるで爆撃を受けたあとのように、家屋は崩壊していた。赤十字飛行隊は毎日のように、藤沢飛行場と新潟を往復した。薬品の輸送などは、特に喜ばれた」と新潟地震直後の、赤十字飛行隊の活動を語る。

日本赤十字社社史稿は、「救護班一一六ケ班、被災者救護にのべ八三一名が出動、取扱患者数は八七三七名であった。赤十字飛行隊ものべ八回出動した」と記している。

昭和四十年には都下、調布飛行場に基地を移して、赤十字飛行隊の活躍は続く――。

昭和四十年一月十一日の伊豆大島の大火では東京、神奈川支部の救護班を大島に空輸した。

昭和六十年八月十二日夕刻、羽田発伊丹行の日本航空一二三便のB747SRジャンボジェットは、群馬県上野村の高天原山の尾根に墜落した。乗員乗客五百二十名が死亡、奇跡的な生存者四名という大惨事であった。

夜明けを待って赤十字飛行隊も捜索に出動、藤岡市上空を旋回して無線の中継を行なう。

フリー・パイロットとして

高橋淳さんには、幻となったフライトがある。昭和四十三年――飛行連盟に第十次南極観測への参加が要請された。南極の測量などに、小型飛行機が必要となったためで、飛行連盟が保有するロッキードLASA60（通称・ラサ）とパイロットおよび整備士の南極への派遣要請であった。ラサを愛機にして飛んでいた、高橋淳さんに白羽の矢が立った。

しかし高橋さんは、

「あんな寒いところに行くのはイヤだ！ と断ったよ」と苦笑する。

白い大陸を飛ぶ高橋さんの姿を見たかったと、ちょっと残念な気もするのだが——。

高橋さんは昭和四十六年（一九七一年）に飛行連盟を辞めて、組織に属さない、フリー・パイロットの道を選んだ。四十九歳のときであった。

「飛行連盟の規模も大きくなって、属しているのが窮屈になってきた。独立するのに不安はなかった。全国に散らばった教え子や、航空会社からのフライト要請が相次いで、生活するには困らなかった。

それらの要請は、航空写真の撮影——低空を失速寸前の速度で飛行する。航空測量は高々度を地図上に引いた直線どおりに真っ直ぐ飛行する。

定期整備の終わった機体をテスト飛行する。輸入機のテスト飛行は、メーカーのデータシートとの比較検証をするために飛んでみる。そしてオーナーのところまでフェリーする。

なかには飛行機マニアの自作飛行機を、うまく調整してまともな飛行機にしてから渡すフライト。曲芸飛行に多く用いられる複葉のピッツ・スペシャルでのアクロバット飛行や空文字を描くなどを行なった」と、大空狭しと飛んだことを振り返る。

昭和六十年（一九八五年）十一月十七日、ソ連海軍の新型原子力巡洋艦「フルンゼ」（二万七千トン）が、バシー海峡を抜けて、台湾沖に姿を現わした。ウラジオストックに向かうこの新型艦の姿を捉えようと、報道機関各社は競い合うように航空機を飛ばした。

その一機に、共同通信のカメラマンを乗せた、高橋淳さんが操縦する、双発のセスナ４０

2型機もあった。

「沖縄海域を飛んでいたところ、ようやく海上保安庁から『フルンゼ』の位置情報が入り、地図上で、現在の航行位置の見当をつけた。東シナ海を一時間ぐらい飛んで『フルンゼ』を探す……。戦時中に覚えた飛行の要領——『会合法』は陸攻パイロットの得意技である。やがて北上する大型巡洋艦を見つけた」

洋上を飛びなれた、海軍出身パイロットならではの飛行であった。

テレビや映画にも出演した高橋さんは、次のように語っている。

「テレビ番組や映画での思い出は、まず、昭和三十三年（一九五八年）の石原裕次郎主演の「紅の翼」では、富士山周辺を飛んで、石原裕次郎の操縦シーンを吹き替えた。TBSテレビ放映の「ザ・ガードマン」では、昭和四十年（一九六五年）九月に放映された「ガードマン空へ」など四〜五話に出演した。

主演の宇津井健が飛行機を操縦するところの吹き替えや、モーターグライダーを低空で飛ばして悪党たちを蹴散らすところ……。一緒に出演した女優の姿美千子——可愛かったね！一緒に写真を撮ってもらったよ」

「雲のじゅうたん」主演女優の飛行教官に

ヒコーキ野郎　36

レポーター・パイロット高橋 淳

新春特別企画・徹底レポート

コバルトブルーのハワイで　わずか7日間18時間で

浅茅陽子が単独フライトに成功!!

全く飛行機を知らない人に操縦を教えると、いったい何時間ぐらいで単独飛行に出ることができるだろうか。

ハワイ、オアフ島のデリンハム飛行場で、特訓につぐ特訓のすえ、18時間（7日間）で初ソロに出すことに成功した。

それも女性をだ。NHKの「雲のじゅうたん」で一躍女性パイロットの仲間入りした浅茅陽子の初ソロに出るまでを、彼女の教官の高橋淳さんに刻明にレポートしてもらった。

ハワイで浅茅陽子を単独飛行の企画!!

ハワイの空はフライトには最高だ!!

「ヒコーキ野郎」誌に載った高橋さんのレポート〈昭和52年2月号、日本飛行連盟〉

そして、高橋さんはハワイへ飛んだ。

NHKの朝の連続ドラマ「雲のじゅうたん」（昭和五十一年四月五日から十月二日まで放映された、日本初の女性パイロット・兵藤精をモデルに描いた作品）に主演して、ヒロインの秋田出身の小野間真琴（日本で四番目の女性パイロットともいわれる）――秋田出身の及位野衣がモデルと本当に飛行機の操縦にチャレンジするというTBSの日曜特番（昭和五十一年十二月十九日放映――「浅茅陽子、大空に飛ぶ‼ 女優単独飛行第一号　ハワイ真珠湾上空で雲のじゅうたんに乗る」）で、その教官をつとめることになったのである。

「短期間で、単独飛行に出すということになると、日本の狭い飛行場と変わりやすい天候では、絶対というはど無理だ。ハワイのオアフ島で一週間の特訓——ホノルル空港には飛行連盟のオフィスもあり天候も良いし、訓練に使ったホノルル国際空港の北西四十五キロにあるデリンハム飛行場は、三千メートルの滑走路があるから、着陸時のオーバーランなどに、気を使わなくてよい。初心者の訓練には最適だった。はじめて操縦桿を握った浅茅さんには、二十時間近くの操縦を教えた。彼女のカンはとても良かった」——。

それでは浅茅陽子さんを教えた、高橋さんの日記をひも解いてみよう——。

飛行機は飛行連盟のハワイ運航所のパイパーPA28、チェロキーを使用した。撮影スタッフには、セスナ172をチャーターした。私と彼女の乗る訓練機と、撮影機ともども編隊の離着陸もやってみた。日本の空港では許可されないことが、ハワイでは簡単に許されてしまう。

第一日目はとにかく飛行機になれることから始まった。ダイヤモンドヘッドから真珠湾を飛んで、約二時間の慣熟フライト——高度三〇〇〇フィート（約九〇〇メートル）で、彼女に操縦桿を渡し、水平飛行から旋回の方法を教えた。彼女の操縦適性は思っていたよりもよい。怖がらないし、顔色ひとつ変えない。まったく楽しくフライトをしている。今回は煩わしいことを抜きにして、飛行機の操縦方法を体で覚えさせることにある。

第二日目――もう操縦桿は彼女に渡しっぱなしだ。離発着の時だけ、操縦桿に手を添える程度だ。私が驚いたことは、彼女がラダー、エレベーター、エルロン、フラップなどのことを知っていたことだ。やはり「雲のじゅうたん」のときに勉強したのだろう。午前と午後の二回にわけてフライトして、特にタッチ&ゴーの特訓につぐ特訓だ。二日目に入っても彼女は悠々とフライトを楽しんでいる。彼女の性格からくるものだろうが、ものおじしない、気丈夫な性格は男性のような感じで、とてもやりやすい。

第三日目――タッチ&ゴーの特訓に明け暮れるが、彼女があまり楽しそうにやっているので、少し脅かしてみることにした。「ストール（失速）の訓練をやってみましょう」ということで、三〇〇〇フィートの高度で、コンプリートストールをした。約三〇〇フィートぐらい垂直に落ちた。さすがの彼女も「キャー」という声を発した。なかば抜き打ち的にやったストールだったので、かなりビックリしたことだろう。

陽子ちゃん、驚かしてゴメンね！

第四日目――約十時間のフライトタイム、この日からタワーとの交信をするために、彼女にATC（航空交通管制）ヴォイスを教える。彼女はおそるおそる、「デリンハム、チェロキー524、タクシー・テイク・オフ」とタワーと交信をはじめた。アメリカはレディファーストの国、管制官は女性に対しては優しい。特に日本の女性だということで、タワーの方が親切ていねいに色々とアドバイスしてくれた。彼女も英語が得意だったせいか、ATCヴォイスも意外と簡単にマスターしてしまった。私も少しは肩の荷がおりた感じだ。

第五日目——彼女は若干、バテ気味……。今日はロングナビというわけではないが、ロングフライトでハワイの島巡りとしゃれこんでみた。モロカイ島は東西に四〇キロ、南北に二〇キロと小さな島だ。ちょっと上にあがるとオアフ島が全部見えてしまう。市街地ホノルルをのぞけば、パイナップル畑とサトウキビ畑しか見えない。でも海は本当にきれいだ。この美しい空とコバルトブルーの海があれば、もう何もいらないって感じだ。

第六日目——十五時間目だ。いつものようにタッチ&ゴーの訓練だ。明日は予定通り、初ソロに出すので特にハードなトレーニングを行なった。

初ソロに出すときは、前もっては通告しないのが教官の務めだ。どんな人でも、緊張し

7日間のコーチで単独飛行に成功した女優・浅茅陽子さんと高橋さん〈高橋淳〉

て眠れなかったりして、逆効果になってしまうからだ。ソロは突然やらせるものだ！

でも、その晩の夕食会のとき「明日、ソロにでも出そうかな」と、冗談風にいってしまった。

第七日目——十八時間でいよいよ待望の日がやってきた。午前中は、タッチ&ゴーのトレーニング。昼食後、私と二人で四～五回タッチ&ゴーをしたあとに「ソロに行ってきなさい」と彼女に言ったまま、突如、機体から降りてしまった。

「本当に、わたし一人でソロに出るの？」という顔をするので、「十分トレーニングをつんだので、大丈夫だから二回、タッチ&ゴーをしてきなさい」というと、ためらいながらも彼女は初の単独飛行に出て行った。

私は、心配になりタワーに上り、マイクを持ったまま見守っていたが、二回のタッチ&ゴーを終わり、無事にランディング――。降りてきた彼女の満足そうな、うれしそうな顔を見て固く握手を交わした。

私もようやく肩の荷が降りた。当初の目的を達成でき、彼女も無事に単独飛行を終え、心配していた事故もなく、私の方が本当にうれしくなってしまった。

このようにして、高橋さんの数多い教え子のひとりに、浅茅陽子さんが加わったのである。

何ごとも八十パーセント――余裕をもて

高橋淳さんのモットーは、〝常に八十パーセント〟である。

「食事は腹八分目、フライトも八十パーセント。八十パーセントの能力で飛行する。つねに二十パーセントの余力を残しておけば、緊急時にもパニックにならずに対応できる。そして自分の操縦を、決して〝うまい〟と思わないこと。

アマチュア・パイロットの教育では、常に三十パーセントの余力を残せと教えている。そして予科練時代に学んだ『バタコック』を必ず教える。エンジンがバタッと止まったら燃料

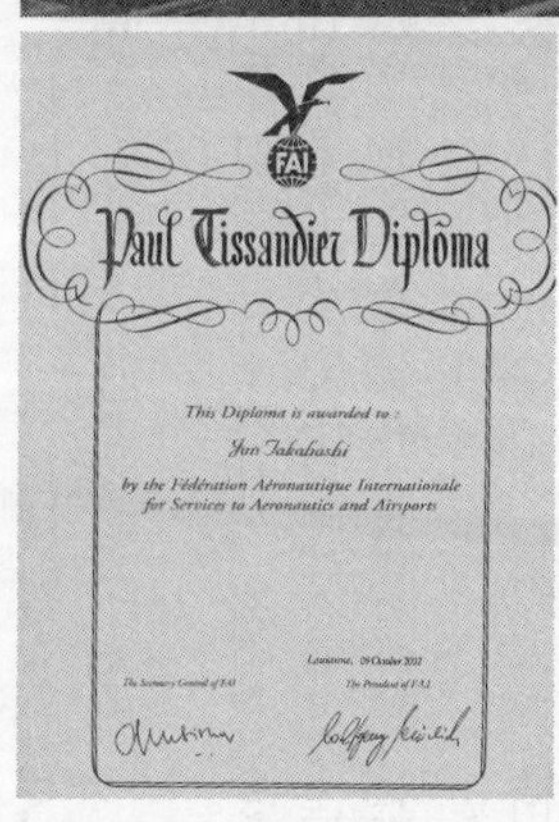

〔上〕赤十字飛行隊所属のパイパー機。出動のときには赤十字マークを機体に付けて飛ぶ。〔左〕平成14年に高橋さんが受賞した「ポール・ティサンディエ賞の賞状〈高橋淳〉

コックを切り替えろ——ということ。余裕がなくて慌てると、そのまま墜落して事故になる。いくら教えても時々、できなくて不時着するパイロットがいる。それは、余裕がないんだね。

小型機は高度一千メートル以下なら、自由にコースを設定できる。ある意味では自動車の運転より楽だよ」と語る。

天候が良ければ、高橋さんの週末はほとんどが、静岡・富士川の河岸に設けられた富士川滑空場である。

「週末は富士川滑空場で、静岡県航空協会の社会人クラブでグライダーや小型機の教官を行ない、グライダーを曳航する飛行機を操縦する。

目の前には駿河湾が広がり、背景は富士山――。秋は紅葉もあって、きれいだよ、体験飛行においで」と、特に女性にはやさしく声をかける淳さんである。

高橋さんは、二〇〇二年（平成十四年）五月十六日に、明治神宮会館で行なわれた、日本赤十字社創立百二十五周年、日本赤十字社法定五十周年に合わせた全国赤十字大会の席上で名誉総裁の皇后・美智子さまから、お声をかけられ、式典の終わりに天皇・皇后両陛下を奉送している。

同年十月二十五日の航空記念日には、現在、スイスに本部を置く国際航空連盟（FAI）が一九五二年に制定した、航空スポーツに貢献した人の栄誉とされる「ポール・ティサンディエ（Paul Tissandier）賞」も贈られている。

東日本大震災でも赤十字飛行隊活躍

二〇一一年三月十一日午後二時四十六分――東日本は巨大地震に襲われた。三陸沖を震源とした、マグニチュード九・〇、大津波をともなった〝東北地方太平洋沖地震〟の発生であった。

三陸沿岸から福島にかけては、十メートルを越す大津波が打ち寄せた。いくつかの町は壊滅し、地図上から消えた。福島の原子力発電所は、メルトダウンを起こした。死者一万五千八百五十四名、行方不明三千二百三名といわれる東日本大震災である。

大きな余震が続くなか、着陸ができる飛行場も壊滅状態――。日本赤十字社からの出動命令もないままに、状況を見守っていた高橋淳さんに、赤十字飛行隊岡山支隊から「出動させてほしい！」と連絡がはいった。

「岡山支隊からは、惨状を見かねて『出動させてほしい！』との要請であった。幸い花巻空港が使用できることがわかった。岡山支隊には、個人と法人が持つ小型ジェット機『セスナ・サイテーション』がある。

岡山支隊、熊本支隊、北九州支隊、沖縄支隊が協力して緊急輸送体制をとってくれた。日本赤十字社に、飛行隊が出動することを連絡して、了承された。花巻空港には着陸の許可をとる。岡山支隊が中心となり、日赤の医療チームや救援物資を積んで、合計三〜四フライトを行なった」と、巨大地震直後の赤十字飛行隊を振り返る。

――赤十字飛行隊は、三月十九日に岡山、熊本、沖縄支隊が協力、岡山・岡南（こうなん）飛行場発、花巻空港着……。活動は三月二十四日、二十七日と続き、北九州支隊は岡南飛行場へ物資を緊急輸送した――と記録している。

五十代の体――〝ダンディ淳さん〟は飛び続ける

高橋淳さんは、カトリック系ミッションスクール出身の享子さんと家庭を持っている。息子さんもパイロットのライセンスを持ち、お嫁さんはキャビンアテンダントとして国際線を飛んでいる。お孫さんもミッション系の大学に進学、将来、キャビンアテンダントとして国際線に登場するのかもしれない。

前述したようにモットーは「何ごとも八十パーセント」――。

かかりつけの医師が〝五十代の健康体、どこも悪くない。怪物！〟と驚く。近隣の主婦グループとテニスに興じ、銀座の街並みをファッショナブルに散策して、ショッピングを楽しむ。

お酒は少々、音感が鋭くアコーデオンを手にとることもある。好きな歌は「翼をください」（一九七一年にフォークグループ「赤い鳥」が歌ってヒット、一九九八年のFIFAワールドカップ、フランス大会では日本代表の応援ソングとしてサポーターたちに歌われた）「この大空に翼をひろげ飛んで行きたいよ」。

お孫さんを語る時には、優しい好々爺の表情だが、飛行機を語るときには、

「飛行術はフランス語で〝aviation〟女性名詞——飛行機にはパイロットにとって素直な娘もいるし、お転婆娘もいる。扱い方を誤るとひどい目にあう。エンジンだって、その日によって機嫌の悪い時もある。つまり女性も飛行機も同じ——。だから、パイロットも飛行機は、その特徴やクセに合わせて操縦しないといけない——つまり女性と同じように優しく扱わなくてはいけない。それが安全につながる」と、ユーモアの中にも厳しさをあらわす。

これからも後輩を指導しながら、蒼穹を飛び続ける。さわやかな笑顔、〝淳さん〟と誰からも親しみをこめて呼ばれて愛される。

目端（めはし）がきいてダンディでスマート、女性に優しい。いまも変わらぬ〝海軍さん〟である。

徒然に取材ノートを開いて――あとがきにかえて

本書は、〝星〟にまつわる短編を集めたものです。

【立教高等女学校の戦争】 ＊単行本書き下ろし「聖マーガレット礼拝堂に祈りが途絶えた日」改題

はじめに、本編の完成を心待ちにされながら、天に召された立教女学院の酒向登志郎前理事長（二〇一〇年五月六日逝去）および秋吉輝雄教授（二〇一一年三月十四日逝去）のご冥福を、心よりお祈り申し上げます。

秋吉教授は、聖書の「詩篇一二六‐五――涙と共に種を蒔く人は、喜びの歌と共に刈り入れる」を引いて、挫けそうになる人に勇気を与えてくれたそうです。

これはお亡くなりになる直前の三月十一日に、三陸沖を震源とした「東北地方太平洋沖地震」による、東日本大震災の多くの被災された方々をも、勇気付ける一節だと思います。

振り返ると、お招きいただいて取材を手伝ってくれた東京女子大学史学科（当時）の宮川彩乃さんと、はじめて立教女学院を訪問させていただいたのは、二〇〇八年十一月二十八日のことでした。

昭和五年から七年にかけて完成した姿を今もとどめる、荘厳な聖マーガレット礼拝堂や昭和十九年秋に水路部井の頭分室の部員たちが記念撮影をした、現在の高等学校校舎を案内していただきました。ちょうどこの日は、アドベント（降誕祭）を迎える前のクリスマスツリーに点灯する日で、西空が夕焼けに染まりはじめたころ、中村学院長が聖書を読みすすめるなか、在校生の聖歌とともに高等学校校舎前のヒマラヤ杉に灯りがともる——という瞬間に参列をさせていただきました。

私たちが立教女学院とご縁を結べたのは、山梨県立科学館が制作したプラネタリウム番組——『戦場に輝くベガ　約束の星を見上げて』の、東京中央区タイムドーム明石での上映（二〇〇八年三月十五日から六月十五日）がきっかけでした。

このタイムドーム明石は築地の水路部（海上保安庁海洋情報部）が近く、聖路加国際病院や立教高等女学校創設の地に、隣接する場所でもありました。

上映にあたって、このプラネタリウム番組制作をお手伝いした私たちは、特に海軍の水路部へ勤労動員にあたった学校のリサーチをこころみて、立教高等女学校内に設けられた水路部井の頭分室へと導かれていきました。

さらに展示資料をお借りした、立教女学院資料室の伊藤泰子さんと高久仁男後援会室長が上映と展示に来場され、「生徒たちに、女学院にも戦争があったことを、しっかりと教えたい」と、お話をしていただいたことが、学校へのお招きと女学院資料室の調査のお手伝いにつながっていきます。お嬢さんと一緒に来場された、立教女学

クリスマスツリー点灯式〈立教女学院〉

院卒業生の小林眞利子さんとお会いできたのも、このタイムドーム明石でした。

「聖マーガレット礼拝堂で、潜水艦が三度にわたりドイツから運んだ図面でのレーダー製作」――立教女学院資料室の調査の一端をお聞きした私の脳裏にあったのは、日本無線の技師であった宮下堅二さんが話されていた、ドイツから技術提供された「ウルツブルグレーダー」でした。宮下堅二さんの二人のお嬢さんは、ともに立教女学院の卒業生だったことも、不思議な縁を感じました。

さらに記せば、学内の生活や勤労動員を語っていただいた武満浅香さんとは、すでに二〇

〇一年一月にお会いしていたこと——そしてちょうど十年ぶりに、再びお会いすることができました。

このようにして、女学院資料室とデータを整理しながら、協力して卒業生や水路部部員への聞き取り調査がはじまりました。

二〇〇九年二月十六日、井の頭分室で勤務した田中いづみさんとカフェテラスでお話を聞いていたときに、テーブルの上の立教女学院の資料に気が付いて、隣の席からお声をかけてくださった吉川日向子さんとお母さん——お二人とも立教女学院の卒業生でした。

二〇〇九年三月十八日にお会いした林薫子さんにお聞きして追跡をこころみ、一度は断念せざるを得なかった水路部第二部部長であった秋吉利雄少将のご家族捜し——。それは立教女学院の皆さんも驚いた、秋吉輝雄教授との奇跡のようなめぐりあいにつながりました。

さらに、もうひとつの感動の出会いが待っていました。学徒の計算作業を指導した浅川キヨ子さんの回想に登場する立教高等女学校出身の班長・浅岡済子さん——卆寿を迎えるとは思えない、お元気な広瀬（浅岡）済子さんを女学院資料室の伊藤泰子さんと、お訪ねしたのは二〇一一年十二月五日のことでした。

このように、水路部の部員だった方からのデータが立教女学院とつながり、水路部の作業をした学徒からのデータが水路部の部員とつながるという、見事なまでのデータのやり取り

2011年のクリスマス礼拝の日、聖マーガレット礼拝堂の前で。左から小林眞利子さん、馬場節子さん、中村道子さん、斎藤京子さん、宮川彩乃さん、伊藤泰子さん（立教女学院資料室）

が行なわれました。

「水路部井の頭分室」というキーワードのみで調査をはじめた私たちでしたが、目に見えない大きな力がはたらいて知らず知らずのうちに、すべてが立教女学院に導かれていたのだと、あらためて思っています。

新宿書房のウエブサイト上で、水路部への勤労動員を語っていた酒見（山住）綾子さん――酒見さんのコラムで、水路部に動員されたのが当時の二年生だとわかりました。

酒見さんが大切に保存してきたサイン帳からは、戦時下の立教高等女学校生たちの姿が生き生きと蘇ってきます。酒見さんとこのクラスメイトたちが、六十五年ぶりに再会できたことは本編に記しました。酒見さんとのコンタクトにお力をいただいた、新宿書房の村山恒夫社長のご厚意に感謝を申し上げます。

そして、水路部への勤労動員学校のリストアップと補足に、お力添えをいただいた「戦時下勤労動員少女の会」の中村道子さん。わかりやすく海軍の天測航法を教示していただいた、元偵察員・田中三也さん。あらためて立教女学院をはじめとする多くの皆さんに、お礼を申し上げます。

なお酒見さんのコラムは新宿書房から『老いも楽し』として刊行されました。立教女学院資料室からは『戦時下の立教女学院』が刊行されています。

また、秋吉輝雄教授の遺稿――『雅歌』は、教文館から刊行されました。

海上保安庁海洋情報部（旧・水路部）には、興味深い書類が残されています。

それは、昭和十九年十月一日付けで、水路部第四課（編暦）が通達した文章で、第二部部長の秋吉利雄少将の捺印があります。文章の送付先は、海軍航空本部総務部長、海軍省教育局長、練習連合航空総隊参謀長、横須賀海軍航空隊、霞ヶ浦海軍航空隊、土浦海軍航空隊、海軍航海学校で、タイトルは「高度方位暦説明ニ関スル件通知」。要約すると、天測による面倒な計算を用いずとも、自己の位置を決定し得る、第四課長・塚本技師の研究に成る「高度方位暦」を刊行したが、一般に利用範囲が拡大していないので、実用方を促進したく、十月七日午後一時十五分より約一時間、水路部第二部に於いて、説明をするので諸官多数、聴講されたい――とあります。

この時期、海軍の部隊に「高度方位暦」が、まだまだ浸透していなかったことがわかります。そして、動員学徒の「高度方位暦」計算作業が、はじまる頃でもあります。

本文に記しましたが、昭和二十一年になると立教女学院は、GHQの管理下・検閲下にあった日本のマスメディアに数多く登場します。都内で戦災を免れたミッションスクールは数校が確認できますが、特に立教女学院が戦後の復興とともに、多く取り上げられています。GHQの最高指揮官ダグラス・マッカーサー元帥は、聖公会の信徒であったことが知られています。ここにはGHQと聖公会の報道機関へのアナウンスが、特別にあったのではないでしょうか。

二〇一一年十二月二十三日、三年近くにおよんだ調査を一区切りさせた私たちは、お誘いを受けて聖マーガレット礼拝堂で行なわれる同窓生のためのクリスマス礼拝に同席をさせていただきました。調査にご協力いただいた同窓生の皆さんと再会し、クリスマス礼拝の感動を体験することができました。

この聖マーガレット礼拝堂は、二〇一二年三月二十八日にNHKで放映された〝SONGS〟で、立教女学院同窓生の松任谷由実(ユーミン)と立教女学院高等学校聖歌隊がコラボして新聖歌第六番「いざやともに」を歌うシーンにも登場しています。

二〇一二年秋、立教女学院は創立百三十五周年を迎えました。

【オリオンに導かれた爆撃隊】

「日本の秘密ハイテク兵器〝光線爆弾〟始末」（「丸」二〇〇二年五月号、潮書房）を加筆・訂正・改題したものです。

本編は、多くの人に感動をあたえた、二〇〇六年春に山梨県立科学館が制作したプラネタリウム番組――『戦場に輝くベガ　約束の星を見上げて』（脚本は天文担当の高橋真理子さんと跡部浩一さん）のモデルとなりました。

このプラネタリウム番組は、陸上爆撃機「銀河」の偵察員として天測航法でサイパン爆撃に出撃する海軍予備学生出身の和夫と、水路部への勤労動員で天測表を計算する久子――和夫の幼なじみの女学生が、離れていても苦しい時には琴座のベガ（織姫星）を見上げようと約束する物語――。

二人にとって、約束のキーワードとなるベガを気泡六分儀で捉えて、天測航法でサイパンへ出撃する和夫――プラネタリウムのドーム一面に投影される星空を背景に、七夕の伝説や海軍の天測航法と女学生たちの勤労動員に触れながら、物語はすすんでいきます。

霞立つ天の河原に君待つと

い行きかへるに裳の裾ぬれぬ
山上憶良　（万葉集巻八－一五二八）

（霞の立つ天の河の川原で、君〈彦星〉をお待ちするとて、行きつ戻りつするうちに〈織姫は〉裳の裾をぬらしてしまいました）

立秋を過ぎると恋人星——ベガ（織姫）とアルタイル（彦星）は白鳥座のデネブとともに、夏の大三角形を天頂高く描きます。

サイパン上空で米軍の夜間戦闘機に追われ、あるいは対空砲火に被弾して機位を失った爆撃機「銀河」は六百キロ彼方の硫黄島めざして、暗い洋上を北に針路をとります。

「戦場に輝くベガ」を上映した山梨県立科学館にて。右から跡部浩一さん、木内里美さん、高橋真理子さん

満天の星空のもと、天測航法で星に導かれながら、みごとに洋上の孤島、硫黄島へ帰着する海軍偵察員のハイレベルな技量を、本編を通して味わっていただきたいと思います。

なお、貴重なお話をうかがった元偵察員・丸山泰輔さんは二〇〇九年（平成二十一年）十一月十八日に、元操縦員・井手上二夫さんは二〇一一年（平成二十三年）十二月二十三日に急逝されました。あらためてご冥福をお祈り申し上げます。

【沖縄の空に消えた「第六銀河隊」】

＊単行本書き下ろし

予備学生出身の伊東一義さんが語った薬真寺少尉とお母さんとの哀しいお話を私たちは、お互いに胸に秘めたままにしておくつもりでした。それだけ、辛い内容だったのです。

私たちを揺り動かしたのは、二〇〇七年十二月にインターネットのウエブサイト上に、薬真寺少尉のクラスメイトであった川本稔さんのご子息・川本健さんの、お父様にかわって「薬真寺少尉の最後を知りたい……」という、投稿でした。

インターネット上の良き仲間たちが、バトンタッチをしながら川本健さんとコンタクトして、まもなく伊東さんと川本稔さんが薬真寺少尉の思い出を語り合っていただくことが出来ました。伊東さんが、ずっと疑問に抱いてきた薬真寺少尉の出身校――私を含む多くのライターが引用してきた『海軍飛行科豫備学生・生徒史』（昭和六十三年四月刊）や『第十三期海軍飛行専修豫備学生誌』（平成五年十二月刊）の記載「和歌山師範出身」――の誤りも、「和歌山高商（現・和歌山大学経済学部）出身」と正すことができました。

私たちが、伊東さんから薬真寺少尉のお母さんを訪問された時の、辛いお話を聞いたのは、二〇〇一年一月二十日――東京に雪の降る夜でした。伊東さん、そして伊東さんの従妹にあたる武満浅香さん（作曲家・武満徹さん〈一九九六年病没〉の奥さま。「立教高等女学校の戦争」にも登場する）と米史料の翻訳をアシストしてくれた、当時は英米文学科の女子大生であった木内里美さんの四名でした。

――仏前に手を合わせ、帰ろうとする伊東さんの手を離そうとしない、年老いた母……。私も木内さんも、伊東さんの語る辛い話に、ただただ言葉を失って窓外の降りしきる雪を見つめていました。

【定点気象観測船の戦い】

本篇は、「台風観測に挑んだ旧軍海防艦の戦後」（神野正美・木内里美）、「丸」二〇〇七年五月号、潮書房）を、加筆・訂正・改題したものです。

戦後まもないころ、洋上で台風に密着して観測を行なった中央気象台（のちの気象庁）職員の活躍を描いたものです。中央気象台時代の「竹生丸」（元海防艦「竹生」）の写真を見せていただいたのは、気象庁ＯＢの庄山卓爾さんを訪問した時のことで、二十年近く前になります。

この定点気象観測船の話を手がけるきっかけとなったのは、五十年目を迎えた「南極観測」でした。南極観測船「宗谷」に乗船して、未知の白い大陸を目指した男たちの中に、定点観測に活躍したメンバーの名を見出したことからでした。「宗谷」最後の航空長であった渡辺清規さんは、本文に記しましたが、「生名丸」航海士をつとめた方です。

そして当時の新聞から、気象庁の荒武者と呼ばれた星為蔵気象長とひとりの少女との出会いを知りました。その少女――岡森しのぶさんとは、東洋英和女学院同窓会のお力をお借りしてお会いすることができました。

そして、二〇〇六年十一月八日に東京有明の「船の科学館」に係留されている「宗谷」で行なわれた、「南極観測五十周年記念式典」では、式典の総合司会をつとめた「あつみ」や「宗谷」の元操舵長・三田安則さんと岡森さんに、五十年ぶりに再会をしていただきました。なお、ミッションスクール東洋英和女学院の原点となる言葉は、岡森しのぶさんが自ら示したように、「誰かのために。まず、私から始めましょう」です。

海上保安庁そして、気象庁および気象庁ＯＢでつくる気象春秋会の皆さんには、大変にお世話になりました。「生名丸」船長をつとめた寺嶋昌善技官のご子息にあたる、寺嶋昌幸さんを訪問させていただき、水路部や「生名丸」関連の貴重なアルバムを見せていただいたことも、あらためてお礼を申し上げます。

「船の科学館」の南極観測50周年記念式典にて。三田安則さん（右）と岡森しのぶさんの50年ぶりの再会

星為蔵さんのお嬢さんからは、お手紙をいただきました。

次女の貞子さんからは、

「大酒のみで、酔っては母を困らせていた父の、私たちが知らないエピソードを知ることが出来ました。父が愛しくなりました」

四女の仁子さんからは、

「父の記事を懐かしく拝見いたしました。私が小学生低学年のとき、姉たちと定点観測に出航する父を見送りに行ったことを思い出しました。船の名は『あつみ』だったと思います。思ったよりも小さな船でした。岡森しのぶさんとのエピソードは初耳でした。

父と富士山測候所にパラボラアンテナを取り付ける映画（昭和四十五年〈一九七〇年〉公開の『富士山頂』原作・新田次郎、石原プロ制作）を、普段は映画などに興味がなかった父に、珍しく『見に行こう』と言われて、見に行ったことも思い出です」

本編のきっかけを作っていただいた庄山卓爾さんは、病魔との闘いのなか、二〇一〇年一月三十日に、宮下伊喜彦さんは二〇一〇年五月七日に逝去されました。ご冥福をお祈り申し上げます。

【南極観測船「宗谷」南へ！】

「大空への夢物語　われら南極飛行隊」〈神野正美・木内里美〉「丸」二〇〇六年六月号、潮書房）を加筆・訂正・改題したものです。

この南極観測がスタートする昭和三十年とは——漫画家こうの史代(ふみよ)さんが、この頃の広島を舞台にして、感動的なストーリーで『夕凪の街　桜の国』（二〇〇四年十月、双葉社）に描いていますが、戦後十年がたったとはいえ、戦災の傷跡はあちこちに残り、人々は毎日を生き抜くことに必死でした。

その疲れきった人々を勇気づけて、未来に夢や希望を与えようと、日本国民をひとつにするプロジェクト——それが南極観測でした。

そして己の死を覚悟して、未知の白い大陸に挑んだ男たちがいました。

第一次観測隊員として昭和基地で越冬した作間敏夫さんを、木内里美さんとお訪ねしたのは二〇〇五年十二月九日でした。

第三次から第六次に参加された里野光五郎飛行士の奥さま——里野のぶ子さんをお訪ねし

たのは二〇〇六年一月二十七日でした。里野家の〝猫ちゃん〟たちにも歓迎されて、ご主人とお嬢さんの位牌に手を合わさせていただきました。

朝日新聞社OBの岡本貞三さんとのご縁から、操舵長をつとめた三田安則さんともお会いすることができました。あらためて貴重な資料や写真を提供していただいた皆さんにお礼を申し上げます。

里野光五郎飛行士の奥さま、里野のぶ子さん（右）と木内里美さん

越冬隊長、村山雅美さんは五十周年式典を目前に控えた二〇〇六年十一月五日に八十八歳で鬼籍に入られました。お会いすることは叶わなかったのですが、病床で本編の初出誌を手にとられ、大変に喜ばれていたと、後でうかがいました。

さらに「南極……、また行きたいですね。『宗谷』は愛しくて愛しくて……」と、想いを語っていただいた三田安則さんは、二〇一一年四月二十七日に病没されました。八十四歳でした——。あらためて、ご冥福をお祈り申し上げます。

【赤十字飛行隊長――われ今日も大空にあり】

＊単行本書き下ろし

高橋淳さんと初めてお会いしたのは、初冬の調布飛行場でした。

帰途、高橋さんの第一印象を、同行した木内里美さんは、「年齢を感じさせない――とてもダンディですね」と語っています。また、東京女子大学の宮川彩乃さんは、「カッコイイ――のひと言」と語りました。

調布飛行場にて。高橋淳さんと宮川彩乃さん

海軍予科練出身者の甲飛九期会の事務局長・久保隆勇さんから、「すごい同期生がいるから」と、紹介をいただいた一人が高橋さんでした。それまでは、赤十字飛行隊の存在すら知りませんでした。

ＮＨＫの朝の連続ドラマ「雲のじゅうたん」（昭和五十一年）でヒロインを演じた女優の浅茅陽子さんは、今も調布飛行場を訪れて、高橋淳さんとフライトを楽しんでいます。

なお、国内で最年長の現役女性パイロットは、高橋淳さんの教え子のひとり鐘尾みや子さんが理事長をつとめる日本女性航空協会（JWAA）所属の、傘寿を迎えた小林良子さん（立教女学院出身、「立教高等女学校の戦争」にも登場する）で、「私にとって高橋淳さんは、雲の上の、神さまのような人」と語っています。

＊

多くの方々に迷惑をかけながら、良き仲間たちに支えられて、微力ながらも昭和史の一ページを残すことができたと思っています。

あらためて、拙い文章を活字としてくれた光人社の坂梨誠司さん、取材や資料整理をサポートしてくれた木内里美さん、宮川彩乃さん、小林眞利子さんをはじめとする、多くの皆さんに、お礼を申し上げます。

取材ノートに記した他にも、「銀河」や「彩雲」の貴重な写真を写された榎本哲さんの奥さま——かよ子さんも二〇〇九年九月二十三日に天に召されました。ご夫妻は敬けんなクリスチャンで、いまは天国で楽しく語り合われていることと思います。

このように、お会いしてきた方も、ひとりまたひとりと鬼籍に入られ、再びお話を聞くことも不可能となりました。

私も近現代史を綴ってきた筆をおくことにします。そしてライフワークでもある、鎌倉時代の一二六一年（弘長元年）に、中国から神聖視された経典をネズミの害から守るために、海路をはるばると称名寺（横浜市金沢文庫）に、宋の船で渡来した猫――「金沢猫」（かなと呼ばれた）の航跡をたずねる旅に出たいと思います。

最後に、本書を開きながら聞くBGMには、聞く人を星の世界に誘うシンガーソングライターの清田愛未さんのアルバム『星の歌集』をおすすめして、あとがきにかえさせていただきます。

二〇一二年秋　十三夜の夕べに

著　者

文庫版のあとがきにかえて

二〇二一年十一月二十六日、アドベント（降誕祭）を迎える立教女学院の校庭には、今年もクリスマスツリーが点灯されて、光のページェントがはじまりました。

昨年から世界中に猛威をふるう新型コロナウイルスの感染は、多くの人々に不安と試練を与えました。

その中でも、立教女学院は、ひとすじの光に照らされていました。昨年八月一日から朝日新聞朝刊に芥川賞作家・池澤夏樹さんの筆による、水路部第二部部長を務めて、立教女学院とも関係の深かった秋吉利雄少将を主人公とした『また会う日まで』が連載されています。

池澤夏樹さんからは、「本書を参考にして章を進めたい……」との丁重なお手紙をいただきました。あらためて池澤さんには、深くお礼を申し上げます。

そして本年九月一日から「立教高等女学校」の章がはじまり、立教女学院の皆さんや関係者に驚きをもって迎えられました。立教女学院は二〇二三年に、創立一四五周年を迎えます。

本書のテーマのひとつは、「星」でした。

天界の歌姫ともいわれるシンガーソングライター・平原綾香さんの、ＪＡＸＡと山梨県立科学館がコラボして全国に呼びかけて詩を募集した『星つむぎの歌』（詩・星つむぎの詩人たち、覚和歌子　曲・財津和夫）を聞きながら、あとがきにかえさせていただきます。

二〇二一年十二月

著　者

単行本『聖マーガレット礼拝堂に祈りが途絶えた日』改題　二〇一二年十二月　潮書房光人社刊

主な参考文献・資料、協力者（敬称略）

【立教高等女学校の戦争】

◆参考文献・資料

『立教女学院百年小史』立教女学院（非売品）、一九七七年
『立教女学院百年史資料集』立教女学院（非売品）、一九七八年
『立教女学院の百二十五年』立教女学院（非売品）、二〇〇二年
『草創期の人たちの物語』立教女学院、二〇〇七年
『戦時下の立教女学院』立教女学院、二〇一一年
『東京女子大学の八〇年』東京女子大学（非売品）、一九九八年
『写真で見る一二五年史』平安女学院（非売品）、二〇〇〇年
『松蔭女子学院百年史』松蔭女子学院（非売品）、一九九二年
『香蘭女学校一〇〇年のあゆみ』香蘭女学校（非売品）、一九八八年
『フェリス女学院一〇〇年史』フェリス女学院（非売品）、一九七〇年
『東洋英和女学院百年史』東洋英和女学院（非売品）、一九八四年
『横浜共立学園の一二〇年』横浜共立学園（非売品）、一九九一年
『広島女学院百年史』広島女学院（非売品）、一九九一年
『日本YWCA一〇〇年史』日本キリスト教女子青年会（非売品）、二〇〇五年
『日本聖公会東京教区』日本聖公会東京教区復興委員会（非売品）、一九五四年
『主婦の友社の五十年』主婦の友社（非売品）、一九六七年
『水路部八十年の歴史』水路部創設八十周年記念事業後援会（非売品）、一九五二年
「暦算作業の回顧」筋野尚子
『水路要報』一九六九年九号、海上保安庁水路部
『日本水路史』（一八七一〜一九七一）日本水路協会（非売品）、一九七一年
『昭和十九年　海軍部内関係綴　第二部』海上保安庁海洋情報部所蔵
「航空機による天測航法」巌谷二三男
『高等商船学校出身海軍士官』中村友男（非売品）、一九八一年
『たなばた――都立第二高等女学校専攻科記念誌』たなばた会（非売品）、一九九八年
『週間少国民』一九四三年二月十四日号　朝日新聞社
『アサヒグラフ』一九四六年十二月十五日号、朝日新聞社
『星の歳時記』石田五郎、文芸春秋新社、一九五八年
『純女学徒隊殉難の記録』純心女子学園、一九六一年
『あおぞら』（海軍気象部出身者の記録文集）一九七八年各号、青空会
『環』一九九〇年夏号・秋号、環の会

『幻のレーダーウルツブルグ開発物語』宮下堅二、『丸別冊・戦争と人物11：軍事テクノロジーへの挑戦』潮書房、一九九四年
『少女たちの勤労動員の記録　女子学徒・挺身隊の実態』戦時下勤労動員少女の会、BOC出版、一九九七年
『舶来キネマ作品辞典』科学書院、一九九七年
『学徒勤労動員の記録　戦争の中の少年・少女たち』神奈川の学徒勤労動員を記録する会、一九九九年
『天使のピアノ　石井筆子の生涯』眞杉章、ネット武蔵野、二〇〇〇年
「戦時下のミッションスクール」奥田暁子『女性キリスト者と戦争』富坂キリスト教センター編、行路社、二〇〇二年
『記念誌　長崎原爆60周年』常清高等実践女学校
『神戸空襲60周年　聖マリア女学校』ショファイユの幼きイエズス修道会日本管区、二〇〇五年
『ぼくたちが聖書について知りたかったこと』池澤夏樹、小学館、二〇〇九年
『日本カトリック学校のあゆみ』佐々木慶照、聖母の騎士社、二〇一〇年
『風船爆弾秘話』櫻井誠子、光人社、二〇〇七年
『彩雲のかなたへ』田中三也、光人社、二〇一〇年
『老いも楽し』酒見綾子、新宿書房、二〇一一年
『日本ニュース』一〇三号　一九四七年十二月三十日、日本映画社
『朝日新聞』『読売新聞』『毎日新聞』各号

◆写真・資料協力
（立教女学院）秋吉輝雄、伊藤泰子、内田（柏）恂子、岡野啓子、小林良子、斎藤（遠藤）京子、酒見（山住）綾子、鹿間（若山）いづみ、末安（小宮）多恵子、菅原禮子、鈴木邦子、高久仁男、武満（若山）浅香、馬場（藤井）節子、前嶋（田瀬）敦子、三宅（門脇）百合子、山本敦子、吉田（原田）慶子
（水路部）浅川キヨ子、磯田順子、大津（鳥居）冨士子、金子秀、斎藤和子、多胡信子、田中（水田）いづみ、林薫子、広瀬（浅岡）済子、宮澤光子、山崎真義
高橋貞子（桜蔭高等女学校）、竹内俊也、田中三也（甲飛五期）、野村保恵（都立工芸学校）、宮下堅二（日本無線）、厚川正和、伊東一義、伊藤哲也（国立天文台）、岩槻歩（川崎市市民ミュージアム）、梅田安則（海上保安庁海洋情報部）、櫻井隆、寺嶋昌幸、横山昭一（めぐろ歴史資料館）、吉野泰貴、坂井田洋治
立教女学院（http://www.rikkyo.ne.jp/grp/jogakuin/）学院資料室
フェリス女学院（http://www.ferris.ed.jp）資料室（中山和子）
ショファイユの幼きイエズス修道会日本管区（http://www.osanaki-iezusu.or.jp/）資料室（シスター・相川ノブ子）
都立第二高等女学校専攻科の皆さん
日本女子大学校附属高等女学校の皆さん
東京女子高等師範附属高等女学校の皆さん
都立工芸学校印刷科の皆さん

東京女子大学読史会の皆さん
戦時下勤労動員少女の会（中村道子、坂口　郁）
国立天文台天文情報センター・アーカイブ室
星の友会（http：//sakura.to/hoshinotomo/）
陸軍飛行２４４戦隊　調布の空の勇士たち
（http：//www5b.biglobe.ne.jp/~244f/）
新宿書房（http：//www.shinjuku-shobo.co.jp）
株式会社タイガー（http：//www.tiger-inc.co.jp）
戦場に輝くベガ上映実行委員会（http：//www.veganet.jp）
山梨県立科学館（http：//www.kagakukan.pref.yamanashi.jp）
目黒区めぐろ歴史資料館
（http：//www.city.meguro.tokyo.jp/shisetsu/shisetsu/bijutsu/rekishi_shiryokan/）
昭和館（http：//www.showakan.go.jp/）
川崎市市民ミュージアム（http：//www.kawasaki-museum.jp/）
海上保安庁海洋情報部（http：//www1.kaiho.mlit.go.jp/）
防衛研究所史料室
（http：//www.nids.go.jp/military-archives/）
宮川彩乃

【オリオンに導かれた爆撃隊】

◆参考文献・資料
「七六二空戦時日誌」
「南方諸島空戦時日誌」
「攻撃四〇一飛行隊戦時日誌・戦闘詳報」
「芙蓉部隊戦時日誌」　以上、防衛研究所史料室蔵
"IN ACTION P-61 BLACK WIDOW" Squadron/Signal publications
"BLACKWIDOW：The Story of the Northrop P-61" VIP publishers

◆写真・資料提供、協力
〈攻撃二六二飛行隊〉伊東一義、川本治夫
〈攻撃四〇一飛行隊〉海老原　寛、田辺　勤
〈攻撃五〇一飛行隊〉井手上二夫、宇野敦子、岸本哲司、熊谷孝瑛、熊野　弘、小畠　需、瀬口隼男、田尾良夫、塚越雅則、浪上照夫、古垣親治、丸山泰輔、宮本治郎、森永隆義、森本多寿、山本市夫
〈攻撃七〇二飛行隊〉長村正次郎、根本正良
〈攻撃七〇四飛行隊〉篠原次郎
〈有眼信管〉柴田幸二郎、牧野信夫
防衛研究所戦史部、日本放送協会、山梨県立科学館
鎌田　実、深井紳一、James C. Sawruk
木内里美、荒井順子、久保キミ子

【沖縄の空に消えた「第六銀河隊」】

◆参考文献・資料
「特攻関係綴」防衛研究所史料室蔵
「七六二空戦闘行動調書」防衛研究所史料室蔵

『名草ケ丘の友——和歌山高商十九回生卒業五〇周年記念誌』一九九三年九月
『沖縄県民斯ク戦ヘリ』田村洋三、光人社NF文庫、二〇〇七年

◆写真・資料協力

伊東一義、大沢袈裟善、川本治夫、北島秀幸、浪上照夫、浅野 豊、荒井順子、鎌田 実、川本 健、川本 稔、James C. Sawruk
ひめゆり平和祈念資料館（http://www.himeyuri.or.jp）
防衛研究所戦史部
木内里美

【定点気象観測船の戦い】

◆参考文献・資料

「連合軍指令綴」防衛研究所図書館蔵
『海軍同期生回想録』海兵五十五期・海機三十六期・海経十六期（非売品）、一九七四年
『紺碧』（定点観測船「生名丸」船内誌）、昭和二十三年〜二十四年
「パトリシア台風との苦闘記」能沢源右衛門、『船と気象』第六号
「定点観測船戦記」星 為蔵、『改造』昭和二十九年十一月号、改造社
『終戦と帝国艦艇』福井静夫、出版協同社、一九六一年
『南方定点の気象34年報（一九四八〜一九八一）』気象庁海洋気象部
『嵐よりも強く』原田もとを、『主婦之友』一九五〇年十二月号、主婦之友社
『東洋英和女学院百年史』東洋英和女学院、一九八四年
『台風と闘った観測船』饒村 曜、成山堂書店、二〇〇二年
『あおぞら・第二集』あおぞら刊行会（非売品）
『朝日新聞』一九五四年各号
『毎日新聞』一九五四年各号
『気象要覧』各号、「天気図」各号

◆写真・資料協力

岡森しのぶ、庄山卓爾、庄山宗子、金田（星）貞子、鈴木（星）仁子、寺嶋昌幸、三田（関谷）安則、宮下伊喜彦、渡辺清規、厚川正和、伊東直一、モデルアート社
海上保安庁、気象庁、気象春秋会、東洋英和女学院同窓会、防衛研究所戦史部
木内里美

【南極観測船「宗谷」南へ！】

◆参考文献・資料

『南極越冬日記』中野征紀、朝日新聞社、一九五八年
『南極飛行の記録・北海道訓練より第二次南極観測まで』朝日新聞社航空部
『南極輸送記』松本満次、東京創元社、一九五九年
『南極越冬記』西堀栄三郎、岩波書店、一九五八年
『最後の30秒』山名正夫、朝日新聞社、一九七二年

『あの人この人／藤井恒男』藤井裕士
『こねこのタケシ　南極大冒険』阿見みどり・わたなべあきお、銀の鈴社、二〇〇六年
『南極気象観測三十年史』気象庁、一九八九年
『南極の空を翔ぶ　南極観測船宗谷航空科の記録』宗谷航空の会、一九九六年
『南極観測船　宗谷』船の科学館、二〇〇三年
『地の果てに挑む　マナスル・南極・北極』村山雅美、東京新聞出版局、二〇〇五年
『朝日クロニクル』各号、『朝日新聞』各号
"MY LAST EXPEDITION TO THE ANTARCTIC 1936-1937" Lars Christensen

◆写真・資料協力

岡本貞三、北村　孝、小西　肇、後藤（平野）早苗、佐久間敏夫、里野のぶ子、鈴木康修、俵ヨシ子、平野良次、福原秀一、前田繁人、高尾一三、谷口克幸、三田安則、前田政昭、佐々木昭人、島崎満雄、島崎里司、松本和子、渡辺清規
厚川正和、伊東直一、土井全二郎、山本金志、吉野治男、十川五助、宮下八郎、吉田紗知、鎌田実
朝日新聞社、海上保安庁、国立極地研究所、船の科学館
ノルウェー王国大使館、ノルウェー極地研究所
立教女学院
フォーサイト（http://www.f-sight.jp/）長田尚久
木内里美

【赤十字飛行隊長——われ今日も大空にあり】

◆参考文献・資料

『ヒコーキ野郎』一九七七年二月号、日本飛行連盟
『クロワッサン』一九七七年九月号、マガジンハウス
『メイプル』二〇〇五年十一月号、集英社
『サライ』二〇〇八年七月三日号、小学館
「達人対談・高橋淳vsビートたけし」『新潮45』二〇〇八年十月号、新潮社
『淳さんのおおぞら人生、俺流』高橋淳・金田修宏、イカロス出版
『日本赤十字社社史稿』日本赤十字社
『赤十字新聞』日本赤十字社
「七三二空戦時日誌・戦闘詳報」防衛研究所史料室蔵
「出水陸攻隊戦時日誌・戦闘詳報」防衛研究所史料室蔵
『鎮魂と回想：松島・豊橋海軍航空隊戦記』岡本鉄郎（非売品）

◆写真・資料協力

高橋　淳、甲飛九期会（久保隆勇、小西　肇、十川五助）、岡本鉄郎、海老原寛
木内里美、宮川彩乃
日本飛行連盟（http://www5.ocn.ne.jp/~jfa/）
日本赤十字社企画広報室（武川公美、冨沢飛鳥）
（http://www.jrc.or.jp）
日本航空協会、航空図書館（http://www.aero.or.jp/）
防衛研究所史料室
バーニーズ・ジャパン（http://www/barneys.co.jp）

NF文庫

立教高等女学校の戦争

二〇二二年一月二十日　第一刷発行

著　者　神野正美

発行者　皆川豪志

発行所　株式会社　潮書房光人新社

〒100-8077　東京都千代田区大手町一-七-二

電話／〇三-六二八一-九八九一(代)

印刷・製本　凸版印刷株式会社

定価はカバーに表示してあります
乱丁・落丁のものはお取りかえ
致します。本文は中性紙を使用

ISBN978-4-7698-3247-8　C0195

http://www.kojinsha.co.jp

NF文庫

刊行のことば

第二次世界大戦の戦火が熄んで五〇年――その間、小社は夥しい数の戦争の記録を渉猟し、発掘し、常に公正なる立場を貫いて書誌とし、大方の絶讃を博して今日に及ぶが、その源は、散華された世代への熱き思い入れであり、同時に、その記録を誌して平和の礎とし、後世に伝えんとするにある。

小社の出版物は、戦記、伝記、文学、エッセイ、写真集、その他、すでに一、〇〇〇点を越え、加えて戦後五〇年になんなんとするを契機として、「光人社NF（ノンフィクション）文庫」を創刊して、読者諸賢の熱烈要望におこたえする次第である。人生のバイブルとして、心弱きときの活性の糧として、散華の世代からの感動の肉声に、あなたもぜひ、耳を傾けて下さい。